わたくし的
俳句の読み方

服部修一 著

目次

カバー原画　服部裕司・服部慎司・服部健司

わたくし的俳句の読み方

『流域』の俳句 (一)

たましいのはじめの色の水母かな　黒木　俊

海水が上ってくる日本庭園の池に漂うくらげを見たことがある。青い水の中で、緩慢に伸縮を繰り返す、白いくらげが妙に心に残った。

映像や水族館で見るくらげもたしかに白く、その優美な動きは神秘的で、惹きつけられる。白い、といっても本来は無色透明に近く、光線の具合で白く見えるものだろう。

そんなくらげの微妙な色から、黒木さんはこれを「たましいのはじめの色」と表現された。たましいにも成長があり、くらげの色はまだはじめのころの色だ、と言っておられるのである。たましいはこののち、白から無色透明の、目には見えないものになっていくのであろう。夾雑物がなくなり、素となるにしたがって色がなくなっていくものと思える。

ここで思い出すのは阿部完市の「栃木にいろいろ雨のたましいもいたり」の句である。雨のたましいとは、雨の栃木の、そのあたりに感じられた霊気だったのであろうが、究極のたましいとはこのようなものではないだろうか。それを感じて有ると思えばあり、感じなければ無い、というように。

くらげそのものは完結した種であるものの、その器官構造から下等動物とされる。しかしその色は既にたましいのはじめの色なのである。ましてや最高の高等動物といわれる我々人間にたましいがあるなら、はじめの色ははたしてくらげの色なのだろうか。のちにはどのようになっていくのであろうか。

冬の野は広く楽譜をひろげいる　高尾日出夫

高尾さんの作品には勇気づけられる。活力をもらえるといった方がいいかもしれない。

私の周辺では、冬の野といえば遮る緑も少なく荒涼としている。刈田にとどまらず朽ちたセイタカアワダチソウの原野が広がっているばかりで寂しい限りである。しかし、掲句の世界はそうではない。広大な冬の野、大地がいま等身大に楽譜をひろげ、まさに歌い出ださんとしている。交響楽をはじめようとしているかもしれない。

冬の野とは、冬にも野菜や牧草が植え付けられる豊饒な大地を思いやってもいいのだが、ここはやはり何もない寂しい野原を思いたい。そうした冬の野であるからこそ、勇気だろうか希望だろうかある強い意志を持って楽譜を広げていることに感動するのだと思う。

一見平明であって次第に大きなものに抱かれる気持ちになる、無人称風に詠まれた不思議な作品である。

頬に風海は光のアドレナリン　　吉村　豊

頃は初夏。海からの風が気持ちよく頬をなぜてゆく。その海はきらきらと太陽の光を乱反射していて、光を浴びる私はいやが上にも力が漲ってくるのである。「海は光の…」の使い方、「光のアドレナリン」の比喩がすばらしい。いかにも爽やかで活気溢れる俳句である。

この作品、「アドレナリン」という、響きが良く、人口に膾炙し非常に影響力の強い物質名をもってきたことで、インパクトのある俳句となった。このちいつまでも脳裏に残るのではないかと思う。脳や身体の機能を活発にするというアドレナリンの詳しい説明は無用であるが、ただひとつ言えば、この物質、ストレスに対抗するために血中に放出されるホルモンで、血糖値を上げたり血圧を高める働きを持つ。

外敵に立ち向かう時必要な物質と考えると、この俳句もまた味わい深いものになるのではないだろうか。


寺井谷子や袂を持ちて汝手を振る　　宇田　蓋男

万葉集に収められた額田王の「茜さす紫野行き標野行き野守りは見ずや君が袖振る」が下敷きと思う。

歌で手を振っているのは額田王の今の夫天智天皇に引き裂かれた、前の夫である大海人皇子であるが、この句、俳壇の著名人寺井谷子氏に手を振らせている。宇田蓋男をもってしてできることで余人にはなかなか出来ない俳句だ。

作者の句づくりの傾向からすればこの句、寺井谷子氏が邂逅の笑顔を送っている様を思い浮かべ、万葉調とは違った、清々しい闊達な現代の感覚で捉えることが出来る。

ところがこの句、『流域』八十六号では校正ミス（編集責任者の私の紛れもない見落とし）で、下の句が「汝手を握る」となって掲載されてしまった。申し訳なく思ったり、いやいや「手を握る」の方がいかにも宇田俳句らしではないか、と思ったりするうち、案の定、今回の『流域』八十七号「私の選んだ一句」で、重鎮阿辺一葉さんが「手を握る」の一句を選んで原稿を送ってきた。

私は仕方なく原句を伝えたところ、「手を振る」では「平々凡々、駄目」と、別の一句が選ばれて送られてきたのであるが、今でも「手を振る」の距離を置いたさらさら感がいいか、寺井谷子氏が身近に迫る「手を握る」がいいか、判断しかねている。


反転してみせる金魚の徒然かな　村上　由之

水槽の金魚の行動は見ていて飽きない。見ているうちに不思議な気持ちになってくる。毎日毎日四六時中下から上へ、右から左へ、小砂利を含んだり吐き出したり、たったこれだけの小さな世界で、何を考えながら泳いでいるのだろうかと思ってしまう。ついには金魚に自分が重なって見えてくるのである。

さて掲句について。金魚は尾や胸の鰭を始終揺らして浮いていたりゆっくり移動しているが、時に尾を一瞬しなわせて向きを変える。給餌の気配を察知したか身の危険を感じたかしてのことだろうが、この日常の中の些細とも思える変化を、あたかも金魚の自由意志によりなされた行動として作者は表わしているのである。「反転してみせる」という言葉に込められた作者の意図はどこにあるのか。ためしに同時掲載十句のなかの他の句を見てみる。

生まれた順に死ねない君ら活き造り

人も生き物も生まれた順に死ねない、という昨今特に深刻となった真理を「活き造り」という格好の相方を持ってきてドキッとする作品にしている。しかしどこか命というものを真正面からではなく、適度な角度からの視点で見ている節があるようだ。

この句の「君ら」は一義的には活き造りの主即ち魚であろうが、人が活き造りにされてしまうイメージをともなう。広くとれば「あなたたちは疫病、戦争、災害、殺人、環境汚染などでいつ死んでもおかしくないんだぞ、誰にも頼らず自分で十分こころして生きようね」と言っているようである。

外の世界に向けられた、決して皮相な皮肉ではない社会的アイロニー、これが村上俳句の特質ではないだろうか。だから見ようによってはきわどいメッセージとも受け取られよう。

掲句も、金魚が「反転してみせる」、言い換えればこれしかとりようがない決然とした抵抗である行動でもって、社会や世間に対しての何らかの義憤を、多少のアイロニーをまぶして言いたかったのではないだろうか。

一年の余白に降りる寒鴉　　春名　喜多

抽象的でとらえどころがないが、おもわず立ち止まってしまう俳句がある。例えば高屋窓秋の「頭の中で白い夏野となってゐる」という作品である。視覚的には、露出過剰の平野があるばかりで具体的な映像に乏しいが、「白い夏野」と思う作者の心や身をおいている周辺、社会まで思いを馳せることができる。

このように想像を巡らさなければならないのは、読み手にとってある意味苦痛であり、またおもしろいところだと思う。

掲句も、「一年の余白に降りる」にとまどう。時間軸の概念的な「余白」が、鴉が降りる視覚的な「余白」にすり替わる、いわば四次元の世界に入り込んだような不思議な感覚にとらわれる。鑑賞はただただ読み手のイメージ構成力にまかせられるのである。といっても、読み手は経時的にあれこれと分析するのではなく、これらの作業を一瞬のうちにおこない、全体を感覚的に感得してしまうほかないのである。

余計な分析は無用であろうが、この句のテーマは来し方を顧みて去来するいくばくかの空虚感といったものであろう。一方ではいくらかなりと果たし得たといった余裕の気持ちも読み取れるものの、寒鴉が表すように荒涼とした心象と風景が象徴的なことばでもって切り取られている。快いリズム感とともに忘れ難い一句になりそうである。

乗って見た今日も止まらない駅ばかり　釈迦郡ひろみ

むかしは列車での旅が多かった。長い旅も日帰りの旅もあった。窓の外を知らない町や村がいくつも通り過ぎる。そのたたずまいに心が動き、降りて歩いてみたくなる。実際にそうしたことがよくあった。また夜行で通過する町の湿りを帯びた灯りはことに魅惑的だった。今ではなにかと気持ちがせかされていて、また環境の変化もあってふらっと出かけることもなくなった。列車に乗ることはあっても止まらない特急ばかり。

作者もそうした旅なり移動なりをされ、その折りの気持ちを俳句にされたのか。その列車は特急なので、多くの駅を通過していく。止まらないことに少々不満を覚えるのだ。たまには列車を降りて、町や村のたたずまいをゆっくり楽しめないものだろうかと。

しかし、作者はもっと別のことを言いたかったのではないか。ここでの列車や駅は心象としての列車であり駅なのである。列車は過去から未来へ、様々な事象を駆け抜けていく人の一生なのだ。おりおりの駅に降り立ち、様々な物や事に関わり合うことのできないことへの無念さや憧憬といったいろんな思いにとらわれながら、今日もまたこの列車に乗っているのである。作者も、そしてまた私も。

みんな梅雨の眼をして輪になっている　　髙尾日出夫

『流域』八十九号には「はまゆうの花純白に水漬くかな」の作品がある。情景が鮮明でみずみずしい。しかし髙尾俳句の真髄は、農村の息吹や村落共同体の精神といったものを詩的に詠むことではないかと思う。

掲句について、「みんな」とはまずは村の人たちのことだろう。「梅雨の眼」が分かりづらいがどうやら一句の眼目と思える。梅雨は稲でもほかの農作物でも生長に必要な水をもたらしてくれるありがたい存在である。そこで「梅雨の眼」とは村のみんなが一様に持つ感謝の念ではないだろうか。多くを語らず黙々と農産物生産に携わり、暮らしている人たちの姿も重なる。「輪になっている」のことばと相俟って一句は、互いに協力しながら息づいている村の在り様を象徴的に謳っているように思える。

さらに読み進めると、人だけでなく牛も豚も、生きとし生けるものがそんな眼をして集っているように思えてくる。

梅雨には、じめじめとした気持ちにさせるところがあり、そのような印象から非活動的なあるいは閉鎖的な村社会の一面を切り取ったようにもみえるが、この場合は「輪になっている」とはつながらないのではないか。この「梅雨の眼」はやはり肯定的にとりたい。

作者のよく口にする「俳句とは象徴である」ということばが思い出される。

蘇鉄雄花まばたく雌花吾《あ》もまばたく　　阿辺　一葉

蘇鉄の雄花を見たことがある人ならこの句を読んで思わず苦笑するだろう。雄株は夏に長さ五十センチもある金色の雄花を直立させ、その雄姿は見事である。雌株はといえば棘を持つ褐色の大胞子葉が沢山の胚珠を卵を抱くように包む雌花をつくり、雄花から飛んでくる胞子を待つのである。阿辺一葉さんらしいお茶目な俳句。

艶っぽいというより潔く、元気の出る作品である。

知恵の輪をほどくがごとく生きて在り　　釈迦郡ひろみ

釈迦郡さんの俳句は、本人が施設における長期療養者であることから、そのほとんどが自分の身の回りで起きている事柄を主題として書かれている。その事柄はあるいは自分の行動や所作であるか、もしくは身近にいる他人のそれであり場合によっては動物であったりもする。時にはそれらの行動や所作が読者の目には作者本人のことか他人のことか判然としないものもある。またあるときは深い思惟のみで成り立っている作品もみられる。

今、『流域』九十二号掲載の十句から身近にいる人のことを詠んだ句を拾ってみると、

精悍な若者月ぎめやめる介護
角が出た認知症の妻抱く人
さし迫る死も知らず満顔の笑み

などであり、

樹の下に集う猫族恋の話

もその系列である。
これらの作品には、根っこに必ずといってよいほど作者の思いやりのこころが熱く、深く、静かに流れている。掲句についても底流には「生への賛歌」があり、作品が醸し出すなんともいえない暖かさを感じるのである。「生きて在り」との表現から身近な他人がモデルと思えるが見方によれば生きて在るのは自分でもあるのだろう。

肉球は芥にぞつと秋の浜　　中島　偉夫

俳句には珍しい「肉球」のことばが目についた。肉球は猫や犬の足裏の毛の生えていない柔らかいところをいう。ネットで検索すると「肉球には、獲物に接近する際に気付かれないように足音を消す働きがある。また、歩行時や樹上などから飛び降りる際の衝撃を緩和する役目もある。手根球の上部には2～3本の毛が生えており、歩行時にセンサーとしての役割をこなす……」とあった。作者中島偉夫さんは擬人法や比喩の名手で、これは自分の足裏に感情を持たせたのである。さらに「肉球」としたことで足裏では表せない繊細な感覚や生々しい肉感がともない、「ぞっと」とうまく照応させている。確かなことば選びだ。「ぞつと」は「ぞっとした」

の省略で、秋の浜に散乱する残骸塵芥に足がすくんだ、というのである。本意は浜辺に流れ着く廃棄物とか放縦な夏の盛りのあれこれを思わせてそれとない社会批判となっている。一方では、獲物をねらうために足音を立てぬよう近づいたが、思わぬ伏兵にたじろいでしまった、というようなおかしさがある。同時掲載の「午後四時や水着剥ぐとき腰の鳴り」でも、わが身体のやや尋常ではない反応を軽く捉えた何でもない俳句のようでありながら、「腰の鳴り」にはそこはかとない滑稽感が漂う。午後の四時まで泳ぐとはわれながらあきれたものよ……といった自嘲もあろう。中島さんの俳句にはこのように、まずは軽いのりで読者をつかみ、いつか重層的に考えさせてしまう魅力がある。

橋に一歩途中は余命あかねいろ　　阿辺　一葉

阿辺さんはこの春骨折されて長い入院生活を余儀なくされた。術後に訪ねたらちょうど夕食の時刻で、椅子にちょこなんと座り、病院食を食べておられたがいたって元気、その健啖ぶりに安心させられたものだ。高齢ゆえ長いリハビリの期間を根気と根性で乗り切り、前より健脚になったのではないかと思うくらいに回復されたようである。掲句はその後のリハビリに精出していたころの作であろう。同じ時期につくられた思われる「夕茜橋までの試歩わたしの声」を見ると、その橋まで歩くのはまだまだ難儀なことで、自分の声で自分を励ましながら一歩一歩を踏みしめながら歩いていく様子がうかがえる。

掲句はどうか。先の例句にしたがえば、「橋まで一歩」という言葉には、「しんどいがあの橋まで一歩ずつゆっくり歩いていこう」といった思いが込められていそうだ。では、次の中七「途中は余命」はどう取ればいいのか。余命は平均寿命以降の生きている長さ、余生とも言う。

御年九十の作者には「余生」や「余命」の句があり、その姿には「もうこの年になると、あわてず騒がずゆったりと生きてゆこう」といった余裕と、「今わたしが歩んでいるこの道はすでに余命である」という潔い態度が見受けられる。すなわち、かの橋はまさに余命の到達点であって、「橋まではわたしの余命、これを一歩また一歩と歩いていこう」といった達観の思いの表出なのである。

失礼千万なことに余命だの余生だのと詮索しながら、このように解釈し、鑑賞した。下五「あかねいろ」により視覚的にも鮮明な映像で迫る鮮烈な俳句である

紅梅咲いて一発で決まる川向う　阿辺　一葉

『流域』会員作品欄はいつも阿辺一葉さんの十句から始まる。九十六号もいの一番に阿辺一葉作品から読み始めたが、いきなり第一句に惹かれて先に進まない。しかし、何を言わんとしているのかはつかめない。川向こうの何が一発で決まるのか。それは花火のことで、実に見事に決まった一発であったのか。紅梅の咲く季節が冬だからといって、花火が上がらぬものでもないだろう。しかし決まったのは花火のような具体的なものではなく、対岸で、向こうの町で、あるいは遙か彼岸あたりで、何かの取り決めがなされ、あるいは終息し決着がついたものがあり、作者はそれを肯定し、喜んでいるのではないか。紅梅が咲き匂う、春ももうそこまで来ている頃のことである。

一本を活けて家中芒原　　永田タヱ子

目で追って姿よく、口ずさんで調子がよい。意味は単純明快でイメージは鮮烈。一本の芒が活けられたとたん、爆発のように増殖し、部屋にあふれ家に満ち、原野にまでまたたく間に拡大する。その後は芒が風になびいているひろびろとした風景だ。このように時の経過が一瞬なされるのは「一本」と「家中」の言葉のコンビネーション、順序をあらわす接続助詞「て」の絶妙な効果である。そこで金子兜太の「梅咲いて庭中に青鮫が来ている」が思い出される。青鮫も突然のように庭に現れる。現れた鮫は、庭の風景と二重写しのごとく、ゆったりと泳ぎまわり、苔むした庭からいつまでも離れようとしない。

アリセプトパキシル空っぽの鞄　　亀田りんりん

この句、カタカナ語が十七音の半分以上を占める。作者の何らかの思いを推し量ることができるのは「空っぽの鞄」だけ。
だが句会ではこの句の評判は良かった。私も好句として選句し、アリセプトパキシルという乾いた響きが「空っぽの鞄」に感じる空虚感、喪失感をことさら強めている、と評したような気がする。

カタカナが多い句といえば、かつて桑原武夫が「第二芸術論」で取りあげた俳句を思う。分からない俳句、芸術的感興を感じない俳句として「咳《しわぶ》くとポクリッとベートーヴェンひゞく朝」という句を例句のひとつにならべて数人のインテリに見せた。見せられた方も何のことか分からなかったようだが、中村草田男の「咳《しわぶ》くヒポクリットベートーヴェンひゞく朝」が誤植されたものだった。いま誤植された句を読んでも当然ながら全く分からない。

しかし、本物の方は微妙だ。「咳く」があるがためにおおかたの読み手は、作者が何を言いたいのかを考えようにも意味不明の「ヒポクリット」にとまどい、もどかしい思いをするのではないか。そして「ヒポクリット」が偽善者のことと知ったとき、この句は自嘲とも誰かに対する糾弾ともとれる平凡な作に堕するのである。

そこで最初に掲げた「アリセプトパキシル」の句にもどると、このカタカナ語の意味はさして重要ではない。薬品の類のようで、効用や薬効を知れば鑑賞の幅も出てくるかもしれない。が、私にはこのままで十分だ。舌と唇を歯切れよく振るわせて発露される言葉が、自然に違和感なく下句の言葉に繋がって、なんとも魅力的な俳句なのである。

ケータイで繋がるほたるぶくろたち　　中尾　和夫

携帯電話は便利な道具である。相互の会話はもとよりメール、インターネットで大勢の他人と繋がることができる。この携帯をうまく使いこなしているのが、いまどきの若者だろう。歩きながら、中には自転車に乗りながら器用に操作している。人の波をよけ街角を曲がりながら延々と操作しているのに感心さえしてしまう。

今やこの手の機器はかぎりなくパソコンに近づき、各種情報の収集から音楽や映画を手軽に楽しみ、また画像と文字による会話も自在にできるまでに進化した。これらの機能を自在に使いこなしているのもまた、若者たちだ。ことほど最先端の技術がごく身近にあふれ、生活上なくてはならないツールになってしまった。

掲句の「ケータイ」のカタカナ表示から、すぐさま右のような若者の日常的な生態が脳裏に浮かんだ。このような現状や風俗をやや呆れ気味にカタカナ書きしているのである。

たしかに、若者たちが一心に携帯を操るそのさまは、ホタルブクロのひとつひとつの花のなかで蛍が光を点滅させているような印象である。「ほたるぶくろ」は、外部との情報交換が携帯ひとつで繋がっている彼らの世界、宇宙そのものなのだ。こうした閉じられた個々の世界ではナマな人間同士の血の通った交感はもはや行われない。カタカナ表記の掲句は、そこまで思わせてしまう。

さらに、なにも若者に限らず人間そのものが、目には見えない壮大かつ得体の知れないネットワークに繋げられている。途方もない時代への予感といったことまで言っているのではないか、と思うのだが読み過ぎか。

いずれにしろこの句は、現代の若者の生態を切り取るとともに、われわれ現代の人間が置かれている状況を憂い、抒情を滲ませながら象徴的に詠んだ一句である。

テーブルに夕べのままのマスクかな　　遠目塚信子

この句は一見、見えた景をそのまま、何気なく詠んだようなつくりだ。しかし、読み手に多くのことを語り、想像させる言葉が効果的に配置されていて興味つきない。読み手をうならせるような感動は得られないが心動かされる作品である。

要となる言葉は「ゆうべのままの」という七文字。これは「マスク」の一語に誘因されて多くのことを語っている。マスクの有様がさまざまに時間的空間的に浮き彫りにされ、人の関わり方も絡んでくるのである。具体的には、誰かが夕べ遅く帰宅したこと、マスクをしていたこと、マスクをはずしてテーブルに置いたこと、マスクははずされたばかりの形をしていることなどが語られている。読み手はマスクから得られる季節感に思い巡らせ、マスクの主の容体というか生活態度、作者との関連に思いを馳せるのである。なんと楽しくさせる俳句だろうか。

このほか同時掲載の、

黄落やハンドバッグで家出する

「十月の空」は落下の準備中

枇杷の花息子の知らぬ母の恋

猫丸く僕細長く小六月

といった、日常を軽いタッチでとらえ、しかも抒情も十分感じられる作品に惹かれた。

北へ杭打ちながら鳥帰るなり　　髙尾日出夫

髙尾日出夫さんの俳句に対峙したときいつも思うのは、直感的に良い句だが句評ができない、または言っていることはなんとなく分かるが説明が難しい、ということである。俳人であり詩人でもある髙尾さんから「俳句は象徴である」という言葉を何度か聞いた。今回の作品十句も大方何らかの象徴性を帯びているようだ。たとえば掲句の「杭を打ちながら」や〈春の山牛も人もあいまいにして〉の「あいまいにして」など。これらの言葉に託されている思いや思想は何なのか。ここは読み手が、経験と知識、想像力と洞察力その他もろもろを駆使して読み解くほかない。いろいろ想像を巡らすのは脳みその訓練にもなる。では、「杭を打ちながら」は何だろうか。

春になって北へ帰る渡り鳥の羽ばたくさまが、あたかも杭を打つ仕草に見えたのではないか。幾日もかかるだろう北帰行という集団行動が、人が杭を打ち続ける厳しい労働と重なる。作者は慈愛をおびた心持ちで、営々と繰り返される渡り鳥の羽ばたく行為を「杭を打つ」と表現したのであろう。さらに言えば、「杭を打ちながら」から建設作業風景を思い浮かべ、東日本大震災のことにも思い至る。作者の震災からの復興の願いが、日本列島を北上しシベリア方面に帰ろうとする鳥たちへ託されているのかもしれない。

生くるとは飾つたりもして石蕗の花　　清水　睦子

山路や庭園に群れなして輝いている石蕗の花は、豪華と言えば豪華、それでいてどこかに寂しさもあわせ持つ複雑な花である。

そんな雰囲気をもつ「石蕗の花」が、上におかれた「生きるとは飾ったりすること……」といった人の生き方の問題であるフレーズと実にうまくマッチしている。下五と上の句は全くの二物配合なのだが、まるで石蕗の花が生きたり飾ったりするという擬人法にも見えてくる。また、「飾つたりもして」の「も」の使い方が絶妙だ。人間の心情の微妙な揺れを「も」がそれとなく表している。この効果も、下五に「石蕗の花」があったればこそと思う。

一月の一湾一市大漁旗　　　　黒木　俊

イチガツノイチワンイッシタイリョウキと読めば、リズミカルでとても気持ちがよい。ムードは違うが、飯田龍太の「一月の川一月の谷の中」を思い出す。どちらも高所からながめた風景を詠んだのが共通点か。掲句は人々の生な生活感や生産活動を読み取ることができる。「一市」だからやや大きな漁港の町といったエリアのことか。あるいは、湾に張り付いた漁港もイメージされる。おりしも何艘もの漁船が大漁旗をあげて帰って来て、寒々とした一月空の下、一湾がおおいに賑わっている模様だ。

宮崎の俳句

冬満月最後に小指はなれけり　　田上比呂美

すべてを言わずに余韻があり、やや大げさで諧謔味のある俳句を作りたいと思う。この俳句、削りに削った典型的な省略に徹した作品である。無駄な言葉が一切ない。そのため、さまざまに想像たくましくして味わうことができる。まず冬の満月の夜という荒涼とした、あるいは神秘的な舞台背景である。実はこの舞台にマッチしたようにロマンチックで艶なる劇があらかじめ展開していたのである。すなわち恋人たちが肩を寄せ合い、手をからませて語らい合っているシーンだったのだ。この俳句をしてちょうどふたりのふれあいは小指がほどけてはなれるように終わったところなのである。「最後に」と「小指」のたった二つの言葉がこれだけのイメージをもたらせてくれた。「はなれけり」と他動詞にしたのも名残り惜しいような情感がこもっている。

腕一本脛一本の芒です　　海蔵由喜子

すっきりとしてリズム感のある作品。芒に腕や脛があるはずはないのだが、ここでは芒にもはじめは腕二本脛二本があったのである。芒は、これまで薫風や涼風のなか何の不足もなく過ごしてきた。しかし時が流れ、風雨にさらされてきた今は、このように手足を半分もぎ取られた状態だと言っている。

芒はすなわち自分である。今の自分の心の内は、腕も脛も、それぞれ半分もぎ取られた状態だと暗に言っている。動詞も形容詞も使わずに、胸の内にある虚無感あるいは喪失感といったものを、擬人法を用いて象徴的に詠った類い希な作品と思う。付け加えれば末尾を「かな」などとせず現代風の「です」としたことで、そう深刻でもなくあっけらかんとした、明るい雰囲気にしたのもよかった。

打上花火自叙伝に恋二つ　　日高　智子

自叙伝の主人公は誰なのか。ふたつの見方があるかと思う。まず誰かの自叙伝を読んでの感慨である。その恋はその人物の人生において印象深い出来事だったのだろう。あるいは二つの恋ぐらいではそう波乱でもなく、むしろ平凡といえる生涯だったかもしれない。

ここで、わたしは自叙伝は自分のことととる。俳句でおおげさに「自叙伝」とすることもあってよいのでは。自分の来し方にひときわ花を添えている恋二つを思うのである。どんな恋だったのだろうか。「打上花火」にある歯切れ良さ、一瞬の華やぎ、それとなく感じる寂しさといった情感を読み手は読みとることができる。この作品の眼目は、「打上花火」により「自叙伝に恋二つ」だけでは足りない時節や作者の位置、厚みのある陰影が増幅されていることである。

俊寛の遠流の島の藪枯らし　　川口　正博

この句、作者の感情や思惟を伝える動詞や形容詞が見当たらない。しかし読者は、「の」でつながれた言葉を読み下すにつれて情景が現れ、思いがわき起こってくる。

俊寛は平安時代末期の僧侶。平家打倒の密議が発覚して鹿児島県にある鬼界ヶ島に流された。ともに流罪となった者たちが赦免されて島を離れても、俊寛だけは終生島から出ることができなかった。しかしそうした事実を承知していなくても「遠流」や「島」、「藪枯らし」という言葉から当時の世相とともに俊寛の当地での暮らしぶりや心情まで目に浮かんでくる。心おおいに惹かれた一句。

花野かな殺す遊びに死ぬ遊び　　　　岩切　雅人

これまでの俳句にはない言葉をとり入れた、チャレンジ精神に共鳴。誰にでもありそうな思想・行動の不気味さを、「花野かな」がさらに強調している。

赤児生みさうな尻してラフランス　　　　小石たまま

滑らかな舌触りと芳醇な味のラ・フランスは私の大好きな果物だ。掲句は、ラ・フランスの下ぶくれの形を女性のお尻に見立てて、まるで赤ちゃんを産みそうだと言っている。ラ・フランス賛美の句である。解釈は第一義的にはそうであろうが、さらにそこから派生的に、小さからぬお尻の女性の後ろ姿を思い描くのは私だけではないだろう。パリジェンヌがお尻を振りながらシャンゼリゼ通りを歩いている様が、この句にぴったりの情景かと思う。明快にして愉快、やや艶っぽいこんな句には心が和む。はじめは少々たどたどしく読ませ、下五の名詞で歯切れよく終わる作り方にインパクトがあり、つよく印象に残った作品である。

秋麗のやうな会釈を貰ひけり　　　　うだつ麗子

「秋麗のような笑顔」、ってどのような笑顔だろうか。

「秋麗」は、歳時記に「うららかに晴れた秋の日」とある。まずは直感的におだやかな日の光が降り注ぐ秋の一日を思い浮かべる。そのような笑顔をもらったというのである。

「こぼれるような笑顔の会釈」であれば明らかに映像が目に浮かぶが、この場合、具体的な象は結べない。にもかかわらず、なんとも清々しく、心温かいものを感じる。

会釈をした人とされた人の間柄、会釈をされた時のこころの動き、その場をとりまく季節感といったもろもろへの思いが、読んだだけでいちどきに広がってくる。

季語を生かした平明にして魅惑的な作品である。

『九州俳句』の作家たち

『九州俳句』の作品㈠

ポインセチア死んでくれる人がいない　　赤司　六哉

意表をつかれた句。あなたのために身を賭して、という人はいつの世もそう多くはいないのだ。ポインセチアの衝撃的な赤さに喚起された思いだろうが、そう深刻でもない様子。

生垣になくなっている烏瓜　　足立　雅泉

昔、手頃の高さに生っている烏瓜は、熟れないうちに子供たちが引きちぎっては遊んだ。今は鳥が啄まなければいつまでも下がっている。掲句は、烏瓜をキーにして、あるはずのものがなくなったときの心許なさをうたう。不在を言って確かな存在を思い描かせる作品である。

草紅葉西へ向かって行く草履　姉川　勝子

草履を履いているのは人か自分か、しかし人物の姿は消え失せ草履だけがひたひた歩いているような不思議さを思う。草紅葉という向冬の背景、西とは西方浄土を思わせるゆえにか。

兄よ空蟬みんな淋しい木を抱いて　有村　王志

兄よ、とは亡くなられた人への呼びかけである。空蟬であれば強烈な夏とともに蘇る彼の戦争。空蟬は魂が抜けても木を抱いたままいつまでも動かない。これらたくさんの空蟬も自分もみんな淋しいんですよ、と。

秋の蝶少ししくじる大道芸　池田　守一

人でもサルなどの動物でも生業の大道芸は厳しくて悲哀を帯びる。ちょっとしたしくじりもまた、おかしくもあり悲しくもありと微妙なところ。そうした機微と秋の蝶の取り合わせは見事である。

北風《きた》が来る夜は真っ直ぐに首へくる　　岡　節子

「やませ来るいたちのやうにしなやかに（鬼房）」は冷害をもたらす夏の冷風をうたっているが、掲句もありがたくない自然現象をとりあげる。上五で環境を設定し中七以降自分の五感に引きつけて、寒いとも痛いとも言っていないのに思いは十分に伝わる。

聖書開けば胃の腑きれいな鬼やんま　　小川　淑

この句、正直いってよく分からないのだが惹きつけられる。聖書を開いて読んでいけば胃の腑もろもろ洗われてきれいになっていく、ということだろうか。そしてまた一方にきれいな色をした鬼やんまがいるのだ。メタリックに研がれ光る鬼やんまの存在が上五中七のゆるいつながりや個々の語感を凌駕して居座る。

冬海峡の妊っている弾き語り　　角谷　憲武

これもよくは分からない。むろん冬の海峡のそば妊っている弾き語りがいる、ではおもしろくないはず。海峡が妊っているように見えるという感覚的な把握にギターの弾き語りを配するならイメージが膨らみ魅惑的に。

秋冷の山へ広がる自動ドア　佐藤　初見

何よりも自動ドアが異質。情景としてはあり得るが、こうなると先端文明の一つである無機質な自動ドアだけが拡大して、自然と対峙するおおがかりな構図となった。

雪となる全ての針の触れし瞬間《とき》　土田　亮子

静かに時が過ぎてゆく。窓の外はいつしか雪。いつしか、を時計の針が示しているのだが、全ての針が正しく重なるのは日に二度。めったにない僥倖のこの一瞬を感覚的に捉え、抒情豊かに表現している。

駄菓子屋の裏の鳳仙花が終る　寺尾　敏子

鳳仙花が終るのは何も駄菓子屋の裏でなくともよさそうなものだが、どうしても昔懐かし駄菓子屋の、それも裏でなくてはならないと思う。淡々として心に染みる佳句。

熊蟬よいいかげんにしてくれないか　中尾　和夫

油照りに暑苦しい熊蟬の大音響。つい言い放った言葉がいともたやすく俳句に仕立てられた感がする。しかし下五の抑制気味の呼びかけあたりに、蟬ばかりではないものへの義憤がほの見える。

空のバス出てゆく午後の泡立草　中山　宙虫

バスはお客がいなくても定刻に出て行かなくてはならない。特に少子化の世の中お客は減る一方。悲しいことだ。ちゃっかりと勢力を伸ばしている泡立草との取り合わせがよい。

朧夜の影踏む一人遊びかな　野田　遊三

みずみずしくてメルヘンチック、少し淋しい。一読情景は鮮明に（朧がかかってはいる）描かれるが、何度も読み眺めていたい作品である。なぜだろうか。浮かび来る情景の魅力か、リズムか。

もう誰もついてはゆけぬ神の旅　　野村　数代

ニーチェは、人間は神の隷属から離れ自ら価値観を見いだすべしとて「神は死んだ」と言った。いわば神の座から引き下ろしたようなもの。掲句も神の所業に辟易したとの謂い。俳句作品で神を身近なものとして詠んだのものはままあるがこの神、さしずめ暴神だろう。このところ日本に限らず地球のあちこちで天変地異や戦が多かった。

人間の眼をして犬が雪を見る　　松岡　耕作

人間の眼をして、が眼目。人間と長く暮らしてきた犬は、人間の心の動きはあるいは読めるだろう。美しいと感じる心まではどうだろうか。この句、端座して雪を見ている犬の顔その眼の表情が見えてくる。世情めまぐるしき昨今、犬の方が美しいものは美しいと見ているのかもしれない。

排泄のかなしき日々や青葉騒　　松下　雅静

生きることはすなわち排泄。一方では神の領域に踏み込む科学技術を生み崇高なる信仰心を育むことができる人間も、物を食して排泄しなければならないのである。もとより分かってはいるけれども、さわやかな青葉騒のもとでそんな思いがふと過ぎるのである。

呼び鈴をおして師走が立っている　三船　熙子

抽象的な概念の擬人化は難しい。「戦争が廊下の奥に立ってゐた（白泉）」を思い出す。白泉の句、「廊下の奥」「立ってゐた」で瞬時に戦争のおぞましさ、恐ろしさが迫ってくる仕掛けだが、掲句の呼び鈴を押して立って待っている師走は、人間くさくどこか滑稽である。

朝顔や手をふきながらおかみ来る　森　真砂人

場所はどこだろうとまず考える。どこでもいいかと思い直す。旅館でも飲み屋でも街角でも。平易にして、はじめの朝顔の配置と「手をふきながら」の措辞によっておかみさんの表情や所作がおおどかに浮かんで来る。

『九州俳句』の作品 (二)

かくれんぼつづけて鬼になる枯野　　吉賀　三徳

読みはじめには実際のかくれんぼ遊びの情景が目に浮かんでくるが、「つづけて鬼になる」は比喩なのだろう。下五の「枯野」がそう思わせる。隠れているものから鬼の様子はうかがえるが、鬼には見えない。このような鬼ばかりを続けているのである。鬼になるのは果たして嬉しいのか、悲しいのか。この鬼になんとなく人の生き方を重ねて読んでしまうのである。

八十路は華海月のように生きている　　石田　忠

どこで切れるかでニュアンスが変わってくる。ひとつは華、で切れ、二つ目はリズムが悪いが「八十路は」で軽く切れる。八十路が華なのか、あるいは「華海月」という海月に心境や生き様をたとえているのか、の違いである。この句はやはり、後者の「華海月」での読みの方が生き生きと鮮やかに読み手に伝わる。なお、「八ナクラゲ」という華麗な固有種がいるようだが実際にいてもいなくてもいっこうにさしつかえない。

逝くさきを大芋虫に食はれけり　　岩木　茂

大切にしていた草花が一晩で虫に食われていた、というのはよくあること。やがては自分も行くだろうあの世、おぼろで不可思議な世界を極小の具体的な事物になぞらえている。さらにそれを食った輩に大の字を当て、針小を棒大に詠んだ痛快な句。あるいはわが身辺に起こった重大事を象徴的に詠んだのかもしれない。

荒るる海昭和が焚き火の番をする　　太田　一明

「明治」のでてくる句は今はあまりない。明治はすでに歴史のなかに深く埋もれてしまったが、昭和は今もなまなましく生きていて、俳句にはいろいろな顔をしてよく出てくる。戦争と復興、高度経済成長、不況そして天変地異、そしてこれらの側面を映した人間の顔、それらを包括した「昭和」が焚き火の番をしているというのである。背景は荒れる海。昭和が持つ暗い方の顔がほんとうに見えるようで、荒涼として寂しい。

天高し儲ける馬に乗りにけり　大津　桃子

文字どおり競馬馬のような儲ける馬に乗りました、では平凡だ。だが儲ける馬とはな何なのか。よく分からないが惹かれる句である。「馬」はすなわち人間で、将来大成して儲けそうな人物その人に自分は期待して賭けてしまった、ということだろうか。「天高し」とあるから秋の好日、郊外での実風景かもしれない。「儲ける」とあるが「儲かる」はどうちがうのか。「儲ける」の場合、利益をもたらす度合いはこの「馬」の働きによるように響く。「儲ける馬に乗る」のフレーズがさまざまに想像させる不思議な一句。

真っ新な残りの時間遠花火　丘　菜月

この句の「真っ新な」も「残りの時間」も具体的なイメージを描きにくいが、つづめて言えば「これからの欲得なき余生だ」と言っている。こんな解釈ではまったく平板で潤いもない。そこで俳句的に大きく働くのが「遠花火」である。近くで見る打ち上げ花火は美しく、体に響く音も心地よい。しかしまた大輪の花が一瞬にして消え去ったあとには一抹の寂しさも残る。深い闇に音もなく開いては消える遠花火であればなおさらつよい感慨をもよおすものである。作者は遠花火を見ながら、その静かな時の流れの中でわが来し方を内省し行く末をみつめているのである。

トーストを焦がし東京にて枯るる　　河野　輝暉

上の句と下の句の微妙で危うい付き具合が面白い。東京都にはもちろん豊かな自然はあるが、「東京」と書かれたときビルの林立する大都会を思う。大都会に暮らさざるを得ない者のかすかな不安やあきらめといったものを、日常生活の中のちょっとした出来事がそれとなく暗示しているようだ。

現世の薄墨でくる十二月　　篠原　信久

すべての言葉が具体的な事象でないので、いっこうに像がむすべない。十二月にはほかの月にない性格がある。一年の最後の月、昭和二十一年十二月八日は終戦日など。そうしたたどれかの側面を「現世の薄墨で」と表現したものだろう。「現世」という言葉もまた心のうちから宇宙大にまでがひろがっていく。作者が深い思惟の果てにこの句を成したか、一瞬のひらめきのうちに成されたか、はさして問題ではない。一句が放つ魅力に惹かれたならば作者の勝ちである。

仏壇の幅の広さを雁渡る　谷口　慎也

唐突に西遊記の一節を思い出した。孫悟空が世界の果てまで飛んだと思ったらまだ仏様の掌の中だった、というくだりである。仏壇の幅と悠遠たる雁の旅の対比。桁違いの尺度のものが配合されていても、混乱もなく一瞬に把握できるのも俳句のおもしろさだろう。

十二月八日まなこの中の砂時計　徳山　直子

はじめ中七を「なまこ（海鼠）の中の」と読んだ。海底に沈む軟体動物の中で、砂を落とし続ける砂時計を思い、不思議な感覚に浸ったのであるが、よく見ると「まなこの中の」だった。さてそれでは、と見直せば、かの十二月八日の日以来、時の移り変わりを見つめてきた「まなこ」と、さらに入れ子のように「砂時計」がリアルに浮かび上がってくる。戦争の記憶を風化させないための装置を織り込み、象徴性の高い作品となったのではないだろうか。

紫陽花の陰で増殖する臓器　中尾　和夫

定例句会で発表され一同が評価した作品。作者はある句誌上でも病気の告知をしたが、そうした作家の個人的な事情を知らずとも人体細胞の異常繁殖のことに思いが及ぶ。赤や紫の萼が集まった重々しい紫陽花そのものがすでに増殖した臓器のようであり、さらにその陰でひっそりと行われる活動がなまなましく具体的に再現される。二物配合の形式では二者の即きすぎを指摘されるが、これはきわめて大きく成功した一句である。

馬の横で金木犀が散っていた　前川　弘明

芭蕉の「道の辺の木槿は馬に喰はれけり」を思い出すが、芭蕉句は木槿を食う馬の様子や食われてなくなってしまった木槿の残像が鮮やかである。掲句は、まずは馬と、散り敷かれた金木犀が配置されただけであり、時間が止まったような静かな構図である。一幅の絵のように。しかし、「馬の横で・・散っていた」と過去形にしたことで余韻が生じ、何らかの物語性を感じ取ることができる。

胸襟をひらいて風邪をひきにけり　　松下雅静

「胸襟をひらく」に二重の意味を持たせた分かりやすい俳句である。さらに年寄りの冷や水、あるいは恩を仇で返された、といった深読みもあるかもしれないが、ここはそのままおかしさ、俳諧味を楽しみたいところ。こういう作品を時にはつくって、世の中を明るく楽しいものにしたい。

『海程』の作家たち

『海程』の作品㈠

名刀展見てみちのくの早い冬　　舘岡　誠二

九州生まれの私は、旅先で見た寒々とした晩秋の刈田など東北のいち早い冬の情景を思い出すが、「みちのくの早い冬」とのフレーズは、わけて南国に住むものにとっては当たり前のことに思える。しかし、作者は鋭利な名刀の数々に触発され、みちのくに在住される人ならではの体感温度でもってしみじみと早い冬を感じているんだ、と妙に納得できる。

秋比叡湖から歩いてきた青年　　野田　信章

「秋比叡」と「湖から」の配合から頃よい季節と作者の位置が明確に示される。さらにこの青年について、作者はただ「湖から歩いてきた」とだけしか伝えていない。にもかかわらず、いかにも颯爽としてさわやかな好印象を与える。それは、「秋比叡」という歯切れのよい切れからくるのだろう。気宇壮大な気分にさせてくれる一句。

だまし絵の浮遊感なり昼寝覚め　　野原　傜子

たしかにだまし絵を見ているときの魂が浮遊するような奇妙な感覚が、「昼寝覚め」の一種けだるい気分に通じるかも知れない。森澄雄の「はるかまで旅してゐたり昼寝覚め」のはるかとは寝ている間に行っていたこの世とは異なる世界らしい。この句もどこか、一瞬の眠りに、魂が呼ばれるように世俗から離れて遊んでしまったという僥倖を感じる。

猫背なり刈田の二人越後人　　長谷川育子

「猫背なり」の断定とこれに続けて言葉をたたみ込むスピード感が魅力的。しかし、作者は何も述べてはいない。中七、下五と読み下すにしたがって場や環境が設定されてゆき、読み手はまたはじめに戻るはめになる特異な構成である。「猫背なり」を米どころ越後新潟において、営々と続けられる農耕の暮らしの象徴としてとらえた。風土性濃い作品。

野仏の天明の二字良夜なり　　伊藤　巌

「野仏の天明の二字」という事実と「良夜なり」の心象濃い風景の効果的な配合。ここで中七に「天明期の古い野仏」ぐらいの意味合いしか持たせず、名月の夜に浮かび上がる静寂な風景と作者の佇まいを感得するのか、大勢の人が亡くなった天明の飢饉にまで読み進めるのか。私は前者で留めたいところ。作者の意図はむろん後者に違いないのだが。

八月や父のレイテにいつか行く　　木村　清子

「レイテ」は太平洋戦争末期に悲惨な戦闘が行われた島。この戦闘で亡くなったお父上のことか、あるいは犠牲となった大勢の父親たちのことなのかと「父のレイテ」に大いに惹かれる。「八月や」とくれば、深刻な戦争俳句が多いなか、一方では白い雲がゆったりと浮かぶ夏の空を思えば「いつか行く」との気持もそう深刻ではなさそうだ。

『海程』の作品（二）

蜂の仔喰うて愛の荒廃思ひけり　　上原　祥子

文字どおりに蜂の子を食べることを「愛の荒廃」と思う、と取るなら短絡的。たしかに他の生命を奪って生きている人間の業がほかでもない「蜂の子を喰う」ことでことさら浮き彫りにされるが、ここは社会的な問題としての「愛の荒廃」と見るべきだろう。とは言え、一抹の罪悪感を覚えつつ蜂の子を食べていた私には、「愛の荒廃」の言葉が重い。

秋情《あきごころ》虫のかたちの少女たち　　大沢　輝一

安西篤さんの「秋情」を、ついで兜太師のいう「ふたりごころ」を下敷きに読むことだろうか。しかし難解。「虫のかたちの少女」ってなんだろう。様々な虫の形態といまどきの少女たちを重ねているのだが、その虫たちはまだ発展途上の段階のようだ。やがては羽化して飛び立ってゆくはずの少女たちを、ほのぼのと見やる大人たちの姿が見えてくる。

嫌いです蔓菜お浸し迷彩服　中村　孝史

ツルナ独特のぬめりを好まない人もあるだろう。作者はツルナのお浸しと迷彩服を並べて「嫌い」と言い切っているが、個人的な事柄である。それでもこの句に魅力を感じるのは、「嫌いです」を先に置く快いリズム感と相互に関連性のないものの並列のおかしみだろうか。直截に「迷彩服」に行かず、「蔓菜お浸し」に迂回させたのが効果的だった。

霜降や夫の辺にいて書は孔子　廣島美恵子

まずは何とも静かで平穏な雰囲気が漂っているようだ。夫の傍らでのくつろいだ読書、といった日常的な構図である。しかしはたしてそれで終いだろうか。冒頭の「霜降や」の措辞、読む書は孔子である。そこはかと寒さを感じはじめた今日この頃、あまり人が読まない孔子を読んでいることに、あるいは「日常的ではない」心情がどことなく漂う。

未知数の敵にそなえる秋の服　　伊藤　歩

一歩外に出れば七人の敵がいる、とはよく聞く。ここでは数が未知数だから不気味だ。その敵にそなえるのが秋の服とはやや拍子抜けもするが、防衛過剰の冬の服と違って夏服に一枚増えただけのあやうさや流行を追う複雑な心理、やがて来る冬への身構えなど様々な思い入れがある。来るなら来なさい、と瀟洒に着こなして颯爽と街に出るのだ。

こころざし高く凡庸海鼠かな　　小宮　豊和

およそ人の特質について「凡庸」との表現は他人はもとより自分のことだとしても言いづらいところを、「こころざし高く」という相反する言葉でさらりと収め、滑稽味も出した。なによりも「海鼠かな」によってあたかも海鼠がこれらの特質を備えているようなリアリティがあり、自分はこんなものだとあっけらかんと眺めている姿が見える。

『海程』の作品㈢

実柘榴と法然上人赤ら顔　稲葉　千尋

熟れた柘榴は赤い。法然上人の方も顔を朱に塗られた像もあろうかと思えば赤ら顔というのはうなずける。説法の名手と言われた法然上人なら、鬼子母神と柘榴の説話をもとに人の道を説いたかもしれないと思うと、ルビーのような果実をむきだした柘榴と法衣をまとって精力的に説法する上人の姿が重なってきて一種の情趣が感じられた。

奥出羽やとくと寒がる妻ひとり　柏倉ただを

「とくと」の言い方に惹かれた。話し言葉では「ほとほと」とか「つくづく」と言うところだろうが、「とくと」にはこれらの言葉にない柔らかさや厚みが感じられる。それだからこそ、寒がっている妻への情愛の気持がいたいほど伝わってくる。雪に閉ざされた奥出羽の地で妻をいたわりかばいながら生きる男と夫婦二人の暮らしがほの見えてくる。

よく遊べば谷にきらきら鮎落ちる　篠田　悦子

一読、季節も秋のほどよい頃の、人の動きのあるまぶしい渓流が思い浮かぶ。ここは「よく遊べば」が眼目か。釣りや川遊びといった具体的な遊びから心象としての遊びまで、「よく遊べば」がカバーする範囲は広い。作者の意図はどうであれ、句の立ち姿から、作者の心のゆとりと浮き立つ心境がくみ取れてすがすがしい気分にさせられる。

風花の舞う長崎に婚約す　宮里　晄

お祝いを述べたくなるほど、「風花」「舞う」「婚約」とめでたい言葉が並ぶ。あわや説明や報告に終わってしまいそうな作品に見えるが、ここはやはり「長崎」が効いているのである。広島と並ぶ原爆の被災地であり、キリシタン受難の地、「長崎」。ほかならぬこの地で将来を約束したという構成に納得できる。「宮崎」ならどうだったろうか。

冬の河口こんなにしぼんでふるさと　大高　宏允

山頭火の「こんなにうまい水があふれてゐる」を思い出す。冬は雨が少ないので、河口であっても川がやせてしぼんだように見えるのだろう。今農村は後継者不足・担い手の減少あるいは農産物販売価格の低迷といった厳しい状況下にある。つい一昔前はまだ子供らの歓声があがり活気のあったふるさともこの河口のようにしぼんでしまった。

ポポー食う煙るようなり五十以後　加藤　昭子

五十歳を過ぎると体力の減耗がことさら意識されるものだ。作者は少し前に五十を超えられ、心身の微妙な変化をこのように表現されたものと思う。目の前に現れる様々な事象にもはや左右されず、まるで煙るように泰然と過ごすことができる自分にふと気づかれたのである。ポポーという珍しい果実を食うのも何かしら様になっているのだ。

『海程』の作品 ㈣

北信五嶽夭夭の桃懐に　　小川久美子

ホクシンゴガク、心地よい響きに勇壮な山塊が目に浮かぶ。その麓に馥郁と育つ桃がクローズアップされた一大パノラマを思う。この見方には、兜太師の「抱けば熟れいて夭夭の桃肩に昴」の、香しい桃の肌触りの余韻が多分に作用している。しかし一方で、上句の歯切れよさと中・下句の叙法から、青春性を帯びた星雲の志を読み取ることができる。

水を撒く身の濁流へ石ころへ　　狩野　康子

「身の濁流」とはやや重い課題だが、作品全体からくる印象はそれほど深刻でもないようだ。それは、清涼な水を撒くという行為から喚起されてきた対極イメージであり、「石ころ」との軽いあしらいからくるものだろう。それよりも「水を撒く身の」で切って読んだときの、魂が吸い込まれるような非現実的でスリリングな躍動感がたのしい。

夜の喜雨蓮如のお文来たように　城至げんご

喜雨、日照りが続いているときに降る雨。誰にしも、農家には特にありがたい雨である。その日もいちにち待ってかなえられなかったのに、夜になって突然やってきた雨。しかしその雨はいま、戦国時代の戦乱と飢饉で苦しみにあえいでいた人々の心にしみこんでいった蓮如のお文のように、乾いた大地を、わたしたちを静かにゆくりなく潤している。

自動的に口が開くなり焼きなすび　横山　隆

一読して思わず口元がゆるむ。まさに自動的に口が開く。なすびを焼くほどに香ばしい匂いが立ちのぼり、知らず口が開いていくさまである。俳句は一瞬を切り取るもの、とも言われるが、「自動的に」が自ずから時間の経過を語る。これがために視覚的に嗅覚的に、焼きなすびの仕上がりぐあいや心の動きを彷彿させる特異な作品になっている。

向日葵に起爆装置のあるような　加藤　昭子

句意は、結実期の密生した種子の集まりがいかにも手榴弾を思わせるところにあるのだろうか。しかし私は「ひまわり」と聞けば、まっさきに一面に咲き誇ったあの圧倒的なひまわり畑を思い浮かべる。黄一色の畑のどこかに起爆装置が隠されているような現代社会の一端を思いながら、微塵に飛び散る一触即発の危機感を味わうのもいいかもしれない。

床柱ときにかなかな鳴かせるよ　福井　敬行

時空を超え神秘的な異空間に誘われる。今時の住宅にはあっても申し訳程度のもの。昔の家には相応の見事な床柱があり、その床の間では、当家代々の儀式が行われてきた。生き死にして住む人も代わっていく。床の間に立つ床柱は、それらをつぶさに見てきたし安泰も願ってきただろう。かなかなを鳴かせるぐらい、あってもいいのではないかな。

『海程』の作品 ㈤

教授とかやくざも級友鰯雲　木下ようこ

「とか」や「やくざ」といったこれまでの俳句に見られなかった、似合わない言葉である。この違和感に初めたじろいだが、下五の「鰯雲」がなんともいえず効いている。口語体・現代調の言い回しに伝統的な季語のミスマッチがかえって効果的となった。級友たちをかくもさまざまな境遇に導いていった歳月への詠嘆が鰯雲に託されているのである。

鹿踊りこおろぎの声踏みしめて　鈴木　修一

鹿踊りは岩手県下に古くから伝えられる民俗芸能、鹿が躍動する様の足さばきのリズムが鮮やかでダイナミックな踊り、とのこと。そうした知識を下敷きにすれば、秋の夜半に繰り広げられる勇壮華麗な踊りの様が、多少の土俗的・神秘的な雰囲気をまといながら浮かび上がってくる。ただ、こうした民俗芸能を詠み込んだ俳句の鑑賞はまことに難しい。

おなじ眸をして華人漢人川とんぼ　高橋たねを

たしかに韓国人も中国人も、そして日本人も風貌は同じだ。しかし、考え方、政治思想、生活様式、文化は異なる。これまでにも日本人を加えたこの三者はあるいは平和裡に交流しまた烈しく争ってきた。現在も同様。おりしも今、川とんぼが無心に舞っている。その様を眺めながら、隣接して相似たる民族の融和、協調への願いに思いが行くのである。

郁子明り長生きは姿婆塞ぎとも　山本キミ子

「姿婆塞ぎ」の意味を初めて知った。世間を塞いでまるで役に立たないこと。ならば長生きすることと容易につながりあまりに安直。しかし末尾の「とも」に「とも云われるがそれでも生きてやる……」といったニュアンスを感じるのだ。それは、無数にぶら下がってあたりを照らしている、いささか不格好で野性味あふれる郁子のなせる業である。

稲の香や八ヶ岳《やつ》真向かいに母尿す　　伊藤　巌

「母尿す」はどういった情景か。女性が戸外で尿をするのは尋常ではない。構成された心象風景のように思える。古より雄大なる八ヶ岳のその麓で年々繰り返される農耕、懸命に生きてきた人々。そして彼らの母は八ヶ岳に尿するぐらいの気概と気力で生きてきたのである。「八ヶ岳」が、また「真向かいに」の言葉が、人々の意志の強さを表している。

筑後川秋水として流れけり　　東島　房子

筑後川は広大な筑紫平野を潤し有明海に注ぐ、九州第一の大河。「秋水として」は、四季折々の流域住民との深い関わり合いを背景に、ちょうどいま時分は身の引きしまる秋の肌合いを感じ取らせるという絶妙な措辞。ただ、久保田万太郎の「神田川祭の中をながれけり」同様、「流れけり」の過去完了的な言い切りにやや不満を覚えたのも事実である。

『海程』の作品 ㈥

千本の塔婆や影や穴惑い　荒井まり子

この作品、「千本の塔婆の影や」と「や」が「の」であったら平凡な俳句だったと思う。千本もの塔婆に加え、墓石や地面を串刺しするようにその影が射している様はとくかく異様である。頃合いも晩秋、蛇が一時の安住を地下に求めるイメージと重ねて、人の生き死に、たくましい生の循環を、いくらかの虚無感を感じながら読み取ることができる。

老いの形空《なり》に紛れてそぞろ寒　京武　久美

身内か親しい人の姿や立ち居振る舞いを見てのことであろう。まだ若いと思っていた人にどことなく老いを感じ取った。ちょうどことなく寒さを覚える頃でもあった。しかし、「空に紛れて」の意図は何か。老いの形はあるいは自分のことで、老いを感じている自分が心身とも回りに浸潤し、同化していくような覚束なさを言っているのだろうか。

あらゆる死の堆積の土秋光る　田中　空音

地上のあらゆる生命は死して土に帰る。土はまた新たな生命の母体となり滋養となって命を育む。地球はあらゆる生きものが生きた証が幾層にも堆積したものである。掲句は死の文字を用いながら豊かな大地を彷彿とさせ、生命の壮大な循環まで思い至らせる。科学的真実の提示で終わるところを、生命力を感じさせる「秋光る」が貢献している。

黄菊白菊どのバンザイも嫌ひなり　前田　典子

結婚や長寿、当選などの喜びやお祝いにはつきもののバンザイ。戦時には喜びごとでもないのに、お国のためにめでたいと言って出征する若者をバンザイで見送った。思えばいまも形だけのバンザイはあるだろう。それら一切まとめて嫌いと言い切っているのだと思うが、一面の菊の花を前にしてなされた心情の表白には、いささかの感興を覚える。

法師蝉鬱鬱《ウツウツ》少年《ボーイ》となきにけり　前田流木野

「つくつくぼーし」では何の変哲もない句になるところを、かような漢字の表記とルビにより読み手に特異な感覚を現出させる。法師蝉が鳴くのは夏の盛りを過ぎた、ちょうど盆あたりの気分、一抹の淋しさを覚える昼下がり。そうであれば鬱的症状への連想はたやすいが、これまでに見られない擬音と視覚の相乗効果を最大限活用した異色作と思う。

おかあさんお父さん冬の山々　村田　厚子

まず飯田龍太の「父母の亡き裏口開いて枯木山」を思う。龍太句には、現在の寂静とした喪失感とともに、かつて父母が健在であった頃の質素な生活感も見えるが、掲句からは両親にやさしく呼びかける声が哀しくも、包むような暖かさで聞こえてくる。両親の呼称と「冬の山々」の措辞が、懐かしさやおおらかさなどの様相を帯びているからだろう。

『海程』の作品 (七)

イヌフグリ恵みのように加齢かな　　安藤　和子

加齢は、愛別離苦を思えばありがたくはないが、作者は肯定する。新たな出会い、内面の充足、社会的なメリット享受などの理由はあろうが詮索は無用。人の思いは様々、他人とは真逆もある。ここは「イヌフグリ」の効用に委ねよう。小さい宝石のようなイヌフグリの花、庭じゅうまばゆいほどの豪華な庭になる。年に一度もたらされる恵みのように。

地震止まず蟇の声さえ神々し　　伊藤　幸

作者は熊本の人、観測史上希に見る強い地震と絶え間ない余震に心身ともに休まることはなかったはず。不思議にも大きな被害を受けなかった隣県に住む者として心中如何ばかりかと拝察する。いつ次が来るとも分からない中で、いつも頭を満たしていたのは恐れと絶望、また孤独感ではなかったか。蟇の「声さえ神々し」の言葉が言い尽くしている。

正対すれば鹿の目勁し芽木さかん　十河　宣洋

おかげで「強し」と「勁し」の微妙な違いを知った。「正対」などめったに見ない文字も、文学的で固い表現だ。作者はあえてこれらの文字を使用して何かを訴えたかった。たしかに鹿には温和、臆病といった印象があるが、旺盛な採食による森林生態系の崩壊が問題視されている。一見弱そうで実は強靱したたかな動物、鹿の全貌を一言で表し得た。

曳く蟻に行く蟻なにか言うて光る　中村　晋

曳く蟻は、獲物の断片を巣に曳いていく姿。行く蟻は逆に餌場に向かう蟻だ。両者はときに頭をしばらくつきわせている。餌場の情報を交換するらしい。しかしこの句、行き来しているあらゆる蟻は、それぞれ何か言葉を発しながら自らを輝かせているんだ、と読みたい。小さな生物の静謐で黙々とした行動が、にわかに人間くさいものに見えてくる。

残る歯の一対で噛む目刺しの目　木村　亮

最少で二本しか歯がないのはずいぶん不便な毎日だろう。かと言ってこの句は別に悲嘆しているふうでもなくさばさばとした雰囲気。というのも、こんな歯で噛むのが「目刺の目」というオチに笑ってしまうからだ。二本の前歯が目刺の目を噛んでいる様は好ましい。下五を「章魚の足」、「鰹節」などと思ってみたがやはり「目刺の目」が効いている。

溜息は体の気持ち座禅草　華　呼々女

溜息は一般に気持が沈んでいるときに思わず出てくるもの。そればかりではない。人の生き方のおりおりに、喜怒哀楽のあらゆる場面に、しかもそれとなく、フッと空気がもれるように現れる。「溜息は体の気持」とは言い得ている。人知れず木漏れ日に咲く地味な姿の座禅草は、どうしようもなくあれこれ考える生身の人間と対比されているのだ。

『海程』の作品 (八)

四葩咲く生臭きもの日々食べて　榎本　祐子

「生臭きもの」を食べる、をそのままとれば文字通り肉や魚を摂っていること。しかもこうした日常を肯定している風でもない。さらに派生してわが信条からはずれる行為を暗に言っているのかもしれない。生きる上でとらざるを得なかった多少の妥協。そして微かな悔恨。おりしも鬱陶しいさなかにあって、紫陽花が真摯に自己主張をしている。

馬鈴薯の明るいおぎゃ稚《わか》いおぎゃ　大沢　輝一

今の馬鈴薯ほ場では大型の機械が行き来し、同じ規格の馬鈴薯を一網打尽に収穫していく。そこには掲句のような風情はないかもしれない。家庭菜園規模の畝にひと鍬当てると大小の薯がごろごろ、ころころ転げ出る。掲句はその様を赤ちゃんが泣くときの様々な表情やしぐさにたとえた。ふたつの「おぎゃ」の使い分けも惹き付ける。

夏星を挑発露天風呂のわたし　川崎千鶴子

参りました。露天風呂なら裸と相場が決まっている。普通にはなかなか書けないおおらかなエロティシズムに溢れた作品。しかし一方で、静謐な異空間に放り込まれたような気分にさせられる。「星を挑発」と「挑発的」に書くが、無防備な自分を覆う満天の星と相対峙したときの、微妙な心の動きを垣間見る。

自分史を手広く配布金魚浮く　楠井　收

解釈がむつかしい。金魚ではなく人が「手広く配布」するのだろう。それも冊子か何かのかたちで作者自身が行った。しかし「手広く配布」する行動は普通一般のことではないので、何らかの心理作用が働いての作句となったものか。ひも解く鍵が「金魚浮く」にあるのかもしれないが、到達できずに降参です。

ほうれん草地震の畑にやわらかく　下城　正臣

熊本の震災後、最も被害の激しかった地区を通過したことがある。多くの住宅が無残に倒壊しているのに心が痛んだ。水田には亀裂が走ったという。そこまで被害がなかった畑もしばらくは手が付けられなかった。そうした圃場にほうれん草の種が播かれ、育ちつつあるのだ。癒えるごとくに柔らかく柔らかく。

部活&塾われは鵺の末裔　　立川　瑠璃

「鵺」は換喩である。では「鵺」をどこまでとらえるか。「部活と塾」とあればここは夜になく鳥「トラツグミ」までだろう。好きと嫌いにかかわらず夜遅くまで頑張る中学生の日々がしのばれる。しかし、句意を大きくはずれて想像が際限なくひろがるから俳句は面白い。鵺が鳥のことでなかったとしたら?

『海程』の作品 ㈨

かなかなや灰として吾を樹下に撒け　　菅原　春み

この八月、宮崎県高千穂町の神社を訪れた際、夕暮れの神域に鳴くひぐらしには感慨深いものがあった。さてこの句からは森というよりどこか丘陵めいた空間に立つ、一本の大樹を思う。風雪に耐えてこれまでになった大樹の懐では、ひぐらしが力強く短い命を輝かせて鳴いているのである。敬虔な気持から思わず口を衝いて出た言葉が俳句になった。

七夕を最期にえらび祖母眠る　たかはししずみ

ほかでもない七夕の日に祖母は亡くなった。「最期にえらび」とあるから、おばあさんにはこれまでの人生の節目で、いくつかの「えらび」があったのではないだろうか。ここにきて、ようやくやすらぎを得てほんとうに眠るように逝かれたのである。「七夕」を、天真爛漫で何のこだわりもなく祖母が過ごしただろう少女期の象徴として読んでみた。

自画像に傷加えたくなる敗戦日　輿儀つとむ

作者は沖縄の人、沖縄といえば太平洋戦争末期、住民たちに強いられた壮絶な犠牲を思い浮かべる。官製用語の「終戦日」ではなく、「敗戦日」であることにも注目したい。沖縄決戦のみならず戦争が人々に残した傷は今日も癒えることはない。掲句には、これらの傷をさらに自分の心に刻み込んで忘れずにいたい、との思いが込められているようだ。

帰省とは隣のおかずまでわかる　若林　卓宣

秋桜子に「桑の葉の照るに堪へゆく帰省かな」の俳句がある。帰省途中のはずんだ気持が詠まれ、また暗に故郷の居心地の良さも感じることができる。掲句ではさらに故郷の人々の暮らしぶりやつきあいの様子が見て取れる。故郷の人たちは「隣のおかずまでわかる」ほど近しいのであるが、故郷を離れると隣人の顔さえ見ることができないのである。

いつまでも戦後赤肉メロン生る　小松　敦

「いつまでも戦後」という書き方に感心した。戦争と戦後処理に関わるあらゆる事物事象を包含している。さらには「いつから戦前」というフレーズも脳裡にあって、作者にはいつまでも心配の種はなくならない。後半に甘くて美味しい赤肉メロンが配され、一服というところ。しかしよくよく読むと、再び戦闘の無残な状況がほの見えてくるのだ。

出征に妻の裸婦像無言館　谷川　瞳

長野県上田市の無言館のことだろう。事実が述べられているが俳句作品として提示されると、さまざまに思いを巡らすことができる。出征を急かされながら絵を描いている夫と、モデルの妻との間にあった時間を思いやるに切ない。夫は無言で黙々と描いただろうという無言、描かれた絵は何も語らない無言、そして「無言館」。決して無言ではない。

『海程』の作品(十)

桐箱にメロンミサイル頭上を飛ぶ　金子　斐子

この句、上句と下句がほぼ無関係にくっついている危うさがなんともよい。桐の箱に入ったメロン。果物のなかで最高級品である。一方某近隣国が何度も打ち上げたミサイルはついに日本列島を跨いで飛ぶまでになった。日常茶飯事となった脅威と、めったに手に入らないメロンを並べて、作者はやはり何かを言いたかったのだろう。

森いつもだまし絵としてしたたり　芹沢　愛子

句意はよくはわからないが、「だまし絵」や「したたり」といった言葉を配し、主語を「森」としたこの俳句に、なにか吸い込まれるような不思議な感覚をおぼえた。「森は、いつもだまし絵として滴っている」と素直に受け取ればいいのであるが、ではだまし絵とは……。これまでの長い時のなかで無数の生命を抱擁し育成してきた森、自らも生命そのものである森、一旦足を踏み入れればなかなか出てこられない森。そんな複雑様々な性格を内在しながら、森はきょうも美しくしたたるような姿を見せているのであろうか。

逆光の冬毛まとえばもう旅人　堀之内長一

光やわらかな湖沼に鶴の一群れ、逆光に浮かび出るシルエット、羽毛が透けて輝いている。美しい光景だ。そして彼らは北に帰る準備をはじめた。温暖な地での捕食に羽毛の保全も充分である。いざ旅発たん……。そんな情景を思い浮かべる一方で私はこの句に、ひとりの女性の鮮やかな身のこなしを感じる。颯爽と旅装を整え、いまや発つばかり。鶴ともなりまた人ともなるシルエット、彼が、彼女がかなたを見ている様が頭を離れない。

原発とつながる冷蔵庫と海鼠　　柳生　正名

こう書かれるとたしかに冷蔵庫は原発とつながっている。いかに遠くいようと、冷蔵庫を介して我々は必ずどこかで原発とつながる。この句が仮に「原発とつながっている冷蔵庫」であっても、日常生活の背後にある不安を切り取ったそれなりの作品となっただろう。しかし、意外にも下五に海鼠が配された。海の底で無心に、少し不器用に暮らしている海鼠。彼らとも原発はつながっているというのである。読み手の思考と想像は人間の暮らしから一挙に地球規模に拡大する。

自転車の荷台に溜まる冬日かな　　宇田　蓋男

ある晴れた冬にポツンと置かれた自転車。冬の日差しがあたたかく、とても静かな時間が流れている。なんという至福のひとときだろうか。「荷台に溜まる」のはまずは差し込む冬日の光の量だ。自転車はもう用済みのママチャリ、かつての持ち主の生活や自転車自身の活躍の様子も想像される。「溜まる」のは、冬の日差しの光だけではない。これからの永遠とも言える「時間」というものが溜まっていくのである。

流氷期君らは青き背鰭もち　　白石　司子

「流氷期」……北海道網走沖、オホーツク海。見渡す限り真っ白な情景、飛ぶ鳥もいない悲壮なまでに荒涼とした世界だ。「君らは青き背鰭もち」……これから成魚となるまだ若い魚をたとえにして、有望の士たちに声をかけているのだろうか。たしかに、無機質の流氷の下では、無数の魚たちが育っているはずだ。次代を担うまだ青き背鰭の持ち主たち。今は流氷期、力を蓄えこれから大きく育ち、羽ばたいて（世界を回遊して）ほしい、と言っているのではないだろうか。

俳句の周辺

東京で見つけた俳句

この三年間、宮崎県産農産物の宣伝マンあるいは調査員として東京に派遣され、宮崎県農業の振興に少しでも役立ちそうな情報収集と本県産農産物の紹介、宣伝に明け暮れていた。新宿にあるアンテナショップ「みやざき館ＫＯＮＮＥ」をご存じだろうか。ここで土、日曜日の半分は「いらしゃいませ」とマンゴーや完熟きんかん、日向夏といった特産果実、ゴーヤー（にがうり）、ピーマンなどの野菜のＰＲをしていたが、既に遠い昔のような気がする。

このような仕事をとおして、わずかながら、

新宿が始発販売促進員に夏

副都心マンゴー飛ぶようには売れず

ニガウリは不細工であり好かれている

などの作品ができた。

俳句づくりでは、森田緑郎氏を師に石田順久夫妻が中心となって神奈川県で続けている俳句研究「森の会」に参加させていただいた。

この会では始めの頃は森田氏が毎回、有名無名故人現役の多彩な俳人の作品を抽出して、俳句の書き方、読み方の講義や参加者で選句・合評するコーナーがあった。ここで多様な傾向の作品に触れ、多様な作り方を学ぶことができた。句会のメインは各人持ち寄り作品の選句・合評で、

とりあえず塩と答えて衣替　森田　緑郎

のうぜんかづら六腑のひとつが見つからぬ　石田　順久

春の雪南へ帰る手力男命　河原　珠美

などの非意味性ながら胸に来るもの、暗喩のおもしろさ、自由闊達な作風など、いい作品に巡り会えた。

また、やはり森田氏を囲んで神奈川県在住の俳人が超結社的に集まる句会もあった。各人が夏二十句、冬は十句持ち寄り、全員でひとりひとりを選評する骨の折れる勉強会だった。

また東京では毎月、金子兜太を中心選者に、『海程』東京例会が行われていた。これには不幸にも三回程度しか参加していないが、いずれも金子兜太のエネルギッシュで歯切れのよい批評を聞くことができた。毎回百人以上の参加がある。したがって同じ数の作品を選句して、一句ごとに的確に評し、どんな句でも丁寧に触れ、時には辛辣である。

　山手線沿線徒歩一周ざせつ桃の花

という私の句には、リズムが悪い、俳句にケツをまくった作品だ、とぼろくそ。たぶんしかられているのだが悪い気はしない、という不思議な気分だった。

　さて、この時の高点句には、最高点の

　人間が草餅食べる鳥帰る

をはじめ、

　春の駅天使とぶつかったかもしれぬ
　陽炎をひたひた戻る樹医山野氏
　楤芽掻くぼくにはぼくの旬がある

などがあり、軽い調子で明るい。多くは叙景でもなく抒情でもなく詩的イメージで成り立っている。このいずれをも自分は選んでおり、もう一句の

恋猫よフロイト先生不眠症

と併せて見てみると、どうやら非意味的に作品が成り立ってしかも何かを言っている俳句、軽くて肩の凝らない俳句に自分は強く惹かれていたようだ。

宮崎現代俳句協会と同系列の団体として東京都区現代俳句協会があり、会員にさせていただいていた。行事としては句会がらみの総会、俳句会、吟行会など結構活動がなされていて、何度か参加した。ここでは、

緑陰の家族は回転木馬かな　　森須　蘭

など印象に残る作品に出会った。

そんな俳句環境にありながら、あまりよい作品ができずにいるうちに、東京での仕事と俳句生活が終ってしまった。しばらく落ち着かない状態が続いている。

今どきの分からない俳句

『海程』など全国結社誌を見ると、私よりずいぶん若い人たちが大勢俳句づくりに取り組んでいる。

では今の若い俳句作家はどんな俳句を作っているのか。よく意味が分からない俳

句が並んでいる、というのが最初の印象であった。

例えば、こんな作品があった。

冬すみれとっても密な分析室　　清水　伶

これは、すみれの花の姿形から連想されたイメージが「密な分析室」だったのかもしれない。そうではなくて、「冬すみれ」は借景みたいなものであって、作者は別途「とても密な分析室」を言いたかったのかもしれない。ところが今度は「密な分析室」とは何なんだ、ということになり、結局、よく分からない俳句だ、となる。

私もこの作品よく分からないものの、すみれの小さくて可憐な花器は微細な部分までよく造型され、それはまるで密な分析室だ、と言っているような気もする。その小さな実を割れば、微細な種子がぴっちり入っていた記憶もよみがえる。

また、「冬すみれ」で冬の殺風景な中で見る可憐なすみれをまず思い描き、次いで「密な分析室」で、分析機器が所狭しとおかれた部屋や分析に余念のない人々に思いめぐらすこともできる。

作者の真意はどちらでもないのかもしれない。が、「そんなとんでもない解釈をしてもらっては困る」とは言わないだろう。

作者はどのように作ってもいいし、読み手はどのように鑑賞してもいいのである。

何も一言一句解釈でき、説明ができるものが俳句ではなくて、わずかでも何かを感じ心が動くのであれば、それは読み手にとって俳句になりうるのだと思う。

最近出会って、ウーッとうなった分からなさ度百パーセントの作品が、

永遠の市の死体派の手袋よ　　九堂夜想

であるが、なんとなく大都会で繰り広げられる欺瞞に満ちた人間模様が見えてこないだろうか。

またこのような作家たち多くは、意識してのことか感性の傾向なのか、「とっても密な」といった現代調の話し言葉や修飾語をふんだんに使いながら、みずみずしい季語や言葉を織り込んでいる。『海程』や最近参加させて頂いている『祭演』などから拾ってみれば、

冬三日月カリッと噛んで夜なべかな　　夏谷　胡桃
花八ッ手ずうっと痛い母の拳　　室田　洋子
傘寿の父と梅酒すっぱいお正月　　河原　珠美
蹠に記憶末広がりの海鳴りは　　森須　蘭

奇しくも女性ばかりの例句となったが、最近こういった軽くて、感覚的で鋭敏で、時には意味が分からなくても惹きつけられる作品に目がいくようになった。もっと

も冒頭の句も含め、今の若い人たちがこんな俳句ばかりを作っているわけではなく、時にはこんな句も手がける、ということかと思う。

さらに言えば、こうした俳句が花鳥諷詠とか伝統俳句が大宗を占めている俳句界の最先端で、これからの俳句を模索しているということになるのではないか。

とはいえ、もう二十年以上も前に、

濡れしもの吾妹に胆にきんぽうげ　　攝津　幸彦

階段を濡らして昼が来てゐたり　　々

露地裏を夜汽車と思ふ金魚かな　　々

といった作品が既にあった。そのへんてこさは当時大きな衝撃をもって迎えられたことだろう。さらにその前から高柳重信や加藤郁乎が追求した俳句に通じるところがあるかもしれない。

一句目の特徴は中七以降の三つ重なる韻律と「濡れしもの」の醸し出す余韻だろう。二句目は濡らしたように昼の光が差し込んでいるのだろうが、本当に昼という概念の化身がひっそり来ており、それも家の中の他でもない階段であることでなにかしら寂しい生活感を感じさせる。三句目は金魚がなぜそう思うのか必然性が何もなく、ただ一昔前の裏町を彷彿とさせる道具立てが様々な映像を引き出している。

これらは、意味を追うものではなく言葉のぶつかり合いによる閃光、感覚のきらめきを楽しむものかと考える。

よくは分からないが何かを持っていたり最近の傾向と思う作品を取りあげてきた。よく分からない俳句は分からなくて当然、作者もそのつもりで作っているのだから、という無責任な結論でもってこのコーナーを終わりたい。

私の歳時記・紫陽花

紫陽花に秋冷いたる信濃かな　　久　女

杉田久女の俳句のなかで好きな句のひとつ。このときの紫陽花は、スケールの大きな高原の信濃を背景に、みずみずしい青さで私に迫ってくる。紫陽花が夏の風物であるだけに「秋冷いたる」の措辞によって、夏から秋へと移りゆく微妙な気配が、あたかも今そこに居るかのようにリアルに皮膚を通して伝わってくるのである。

さらにこの句は快いリズム感をともなって格調高く、また一抹のさびしさをまとっている。

こうして久女の句に導かれるように、所属する句誌『流域』のバックナンバーなどをひっくり返し、紫陽花を詠み込んだ作品を拾ってみた。

ところが紫陽花といえば我が国の代表的な花、さぞや多くの人がたくさんの句に詠んでいるのでは、と思いきやさほどは作られておらず、三十句を揃えるのに多少苦労することとなった。梅雨の時期ともなれば、公園や街路の植え込みなど普通に目に入るはずなのになぜだろう。

たしかに西洋アジサイなら特に、そのぼってり感といいなまなましい色艶といい、諸手をあげて美しいですね、とは言い難い。さらには花どきが活動のやや鈍る梅雨時期なので、開放的存在からやや遠いという印象もある。盛りを過ぎた大きな鞠状のかたまりが地に垂れている様は、不格好でさえある。

こんなところから、わが俳人たちの多くは紫陽花を題材とすることに、さほど積極的ではなかったのかもしれない。

しかし、である。こうした紫陽花の色艶、次第に移ろう花の色、咲いている様の人間くささ、花咲く頃の鬱陶しい気分、あるいは遠くシーボルトと日本人妻おタキさんの悲恋など、ほかの花にはない紫陽花特有の雰囲気を思いやるうち、ときに次のようなとんでもない俳句が生まれるのではないだろうか。

ばからしく殺意もないか紫陽花は　宇田蓋男
紫陽花に交じるは妻の擬態癖　中島偉夫
紫陽花やピストル買ってみたくなる　進藤三千代

文学としての俳句――『流域』草創期の熱い思いを――

句誌『流域』の創刊からもうすぐ四十周年を迎える。

昭和四十五年年七月に発行された創刊号をめくると、宮崎俳句研究会草創期の人たちの俳句に対する熱い思いが随所にほとばしっている。先達のこれらの思いの一端に触れ、自分のさらなる励みの糧としたい。

代表の山下淳は次のように書いている。

――われわれは、もっと広い視野から俳句を見つめて行きたい。つまり、文学、芸術の場で俳句を考えて行きたい。これは決して俳句の伝統を無視したり、あるいは、俳句の革新などという大それた考えではなく伝統を通して現代に生きる俳句のは握に情熱を注ぎたいのである。――

右は、俳句とは何か、と問いかける「創刊のことば」と題した巻頭言の一部である。この一文だけでも、当時の会員がめざしただろう俳句観、俳句への向かい方が伺える。

また、「招待席」に寄稿された詩人の南邦和氏が、山下淳の文学への情熱に打たれるとともに山下淳に俳句への新しい可能性を感じたことを述べたのちに、「（俳句のつくり手は）文学への参加という自覚的な意識や方法を確立させない限り、俳句というジャンルの優位性や独自性を貫くことはできないだろう」と書き、また次のように提言している。

――「（俳句の）文学としての永遠性を、この複雑な現代の社会構造のなかでどのように担保していくという命題は俳人たちのサロン的な仲間意識だけでは解決のつかない大きな命題ではないだろうか。（略）結社的な枠にとじこもりがちな俳人たちの、より幅広い社会参画と同時に、文学ジャンルとしての詩、小説、短歌を含めたあらゆる立場の人々との積極的な対話や討論が望まれる」――

正論であり異論あろうはずがない。これらの言葉は、経済成長を続けながら一方では安保闘争に象徴されるように、経済的、社会的に大きなうねりの中にあって、いくぶんかの求心的な高揚感をともなって発せられたことだろう。四十年後の現在はどうだろうか。多様な価値観とか個人の権利重視の時代などと言われる。何を思い、どのようなことをしても、またなんにもしなくてもとがめられない風潮のなかにある。そこで、ひとつの真理、絶対的な価値観にもとづいて何かをなすことがこうした時代にこそ必要ではないか。

こと俳句に関して、まさに「文学としての俳句」について真剣に取り組まねばならない、と思わせる言葉に出会ったのである。

災害と俳句

(一)　口蹄疫はどう詠まれたか

人は災害といつもとなり合わせに生きている。不幸にして災害に遭ってしまったり、あるいは毎年のように国内、海外のどこかで起こる地震や大水、そして病気などの悲惨な出来事に心を痛める。そして、その状況や心の動きを、何らかの形で表現したいと思う人は多いのではないだろうか。

平成二十二年の夏、宮崎県中央部を襲った家畜伝染病口蹄疫も、無辜の家畜や経営主、また地域経済にとってまさに大災害だった。

消毒に明け暮れ、ついに甲斐なく感染して処分されることとなった農場の経営者や家族の様子を、胸がつぶれる思いで見てきた。私の勤務先でも、学生の実習用に飼っていた二百頭余の牛を処分せざるを得ない事態となった。

人は、このような途方もない出来事に直面し、また健気に復興にたち向かう様に心が動き、溢れてくる感情を何らかの手段を通して表現したいと思うのは自然なことだろう。

身近に発生した口蹄疫に対し、宮崎県内の作り手たちはどんな形でどのように気持を表したのか、宮崎日日新聞文芸欄から動きを見たい。もとよりこの文芸欄には各選者の目を通したいずれも立派な作品が掲載されており、ここで善し悪しを論じようとするものではない。

まず、口蹄疫拡大の兆しを見せ始めた頃の4月下旬からゴールデンウイークあたりに作られただろう、五月十七日、二十四日付け紙上の作品では、口蹄疫の俳句はあまり見られず、短歌ばかりが目立っていた。

夏燕牛舎に掛かる古時計　　西都　吉野　忠敏

殺されし仔牛舐めつつ母牛も
傍えに倒れ伏してゆくなり　　川南　田辺　静代

数頭の牛を飼いおり我はただ
　息をころして牧草刈るのみ　　　美郷　甲斐　俊江

そして口蹄疫は連休明けに急速に拡大し凄惨を極めていたが、その頃に作られた作品がおそらく五月末掲載となったろう。ここでようやく口蹄疫俳句が選にのぼるようになった感がある。

五月野に重機うなりて穴うがつ　　　都農　水本　深雪
断腸の口蹄疫や麦嵐　　　宮崎　末吉　道子
ざんざんと雨は降りたり
　口蹄疫に撒きし石灰水泡に帰す　　　宮崎　桝田　紀子

こうして拡大していた口蹄疫も七月四日の宮崎市に飛び火のように発生して以降なりをひそめ、終息していった。地域での堆肥の熱処理の終了した八月二十七日に知事の緊急事態宣言全面解除がなされ、県上げて復興に向けての取り組みが本格化した。短歌や俳句の作家たちもに比較的余裕が見られるようになり、ようやく被害にあった人たちへの心遣いや復興再生を願う作品が寄せられていた。

牛小屋の跡を占めたる大南瓜　　　宮崎　平尾　綵星
口蹄疫鎮まる夜の鉦叩き　　　宮崎　佐々木吉弘

口蹄疫癒えて花火の音高し　宮崎　大久保富夫

豚舎にはいつしかツタのからまりて

この百日を幾年に思う　川南　津江　真理

このように見てきて思うのは、生き死にとか生活不安といった深刻で悲惨な状況に出会ったとき、一見作りやすそうな最短の俳句の方がどうも作りづらく、状況や心境を切々とうたう短歌の方が作りやすいのではないかということである。また実際に俳句をつくろうとしたとき、悲惨な状況を生に表すほど俳句から遠退いていく気がしたことだ。「もの」に託してばかりの詠みぶりでは、心足らずのぶっきらぼうな表現になりがちで、被災者の心情を逆撫でするものとなりそうな気がしてならなかった。ことほど左様に災害の俳句は難しいものだと思う。

それでもわたしは今でも、こうした災害に遭遇したなら真剣に向き合い、己の感じるところに従って、存分に表出していくことに意義があると思っている。そして読む人の心に響き、励ましともなる作品に恵まれるなら望外の幸せと思いたい。

(二)　灯はまたともる

犇めくは悲しみであり花樗

花あざみ隣の牛が消えている
また飼うと遠藤太郎の背の夏野
学生の笑顔が牛を引いてくる

平成二十二年の四月、東児湯の繁殖牛農家で飼養中の牛に確認された口蹄疫は、関係者の必死の防疫にもかかわらず、東児湯地域から西都児湯地域へと範囲を広げ、県内の遠方にまで飛び火して凄惨を極めた。私の勤務する農業大学校では二百頭余の牛を学生の実習用に飼っていた。職員の休日返上、昼夜の消毒もむなしく、五月中旬、数頭に症状が確認され、数日をかけて全頭を殺処分埋却した。

校内の栴檀の花の降りしきる放牧場で、先日まで牧草を食んでいた牛はいなくなった。自分たちがかわいがってきた牛たちの悲劇を学生たちは自宅待機中に知ることになったが、彼らの悲しみは如何ばかりだっただろうか。

遠くに広がる尾鈴台地で犇めくように飼われていた牛や豚の農場も相次いで感染してゆき、光がひとつづつ消えるように消え、やがて一頭もいなくなってしまった。早々に、尾鈴台地の畜産を引っ張る若手経営者、遠藤太郎氏の再興へ向けて発した言葉が実に頼もしかった。

知事の終息宣言を経て家畜の再導入がはじまり、地域に明るい声が戻ってきた。

大学校にも五頭、十頭と新たな牛が入り、学生が元気に畜舎に引き入れる姿を見ながら、新たな灯がともるのを確信した。

東日本大震災と俳句

私はテレビで津波が翼をひろげるように平野を飲みながら遡上する様を息苦しい思いで見ていた。上空のカメラは水の切っ先が土煙を巻き上げながら畑を襲う様をリアルタイムで映し続けていた。それはまさしく平成二十三年三月十一日午後三時、三陸沖地震による東日本大震災という大惨事のはじまりだった。その頃実際には多くの人々が恐怖と阿鼻叫喚のなか怒濤に呑まれ、押しつぶされ、そして連れ去られる地獄に遭遇していたのである。

こうした世界を揺るがす大災害に対し、遠くにいる自分がいかに感情移入をしてみようとも、俳句にすることに後ろめたさを覚えたものである。『流域』九十八号で鈴木康之氏が書いているように、大災害の傍観者は「切ったら痛い、存在感のある句」はほんとうにつくれないのだろうか。また同じ号「作品評」で高岡修氏が、「……口蹄疫が絶滅した時、口蹄疫そのものをも人々は忘れてしまう。それゆえ、このようなテーマのときには小説のように多量の前提が必要となるのである。私が時事的なテーマに対して俳句という表現形式は適さないという理由がそこにある……」と書いているのが興味深い。

たしかに、たった十七文字の容量の詩型では、人の命が失われるとほうもない惨劇、交錯した心情や哀悼の思い、深刻荘重な時事的事象は容れがたいものだろう。

このようななか、宮城県現代俳句協会会長の高野ムツオ氏が『宮城県現代俳句協会NEWS．2011．7』に書いていた次の文章に励まされたのである。――「……自分がこれまで何のために俳句に関わってきたかを自問するとき、やはり時事を詠むことを避けるわけにはいかない。いや、積極的に詠むべきだと思うのだ。ただ、時事が直接俳句に反映される必要はまったくない。その作品の価値は、今でなく、ずっとあとの未来の人々の手によって判断される。そうした高邁さもまた表現者は持つべきであろう……」――

口蹄疫と心の表現

四月二十日の宮崎日日新聞が「口蹄疫を忘れない日」として特集を組んでいた。

三年前のこの日は、宮崎を揺るがした家畜伝染病口蹄疫の最初の発生が確認された日である。

新聞には、同新聞社の主催で県や県教育委員会などが共催し、「口蹄疫を忘れない日」記念事業として実施された「口蹄疫作文コンクール～命をいただく」の入賞作文が紹介されている。

中学の部最優秀賞を受賞した都農町の三輪有希さんは、祖父母が飼育する牛が目の前で殺処分されるのに立ち会った。作文には牛たちへの最後の餌やり、前日生まれたばかりの元気に走り回る「希望」と名付けられた子牛、処分が始まって「希望」と引き離され鳴き声とともに処分される母牛の最期、そして「希望」にも針が刺されて横たわる様を、いたいたしく綴っている。受賞後のインタビューに「あんまり思い出したくなかった。でも農家が守ろうとした命のことを伝えたかった」と答えている。さらに新聞は、「すこしづつ、あの時のことが過去になっていくのは怖い」、「口蹄疫を忘れないで」との三輪さんの思いを伝えている。

この一連の新聞記事を読んで特に印象深かったのが三輪さんが語った「あんまり思い出したくなかった」という言葉だった。牛の処分を見届けたことを友人たちにも話していなかったという。たしかに、極度の惨事に遭遇した人間は多くを語らない、また語れないものと思う。大事に育ててきた牛に、いつ病魔が降りかかるかわからない恐怖に苛まれ、目の前で繰り広げられる処分という惨劇に心を痛めた人は、しばらく口をつぐみ書いて表現することはできなかっただろう。

口蹄疫から三年、畜舎に豚や牛たちが戻ってきた。埋却地にもふたたび飼料作物などの作付けが検討されている。口蹄疫が残した教訓は、防疫への再認識だけではなく、生きるために生き物を殺さねばならないという人間の業、そして命の大切さの再確認だったと思う。

これから、三輪有希さんのように口を開くことができなかった人たちから、過酷な体験をもとにした心の叫びが発せられていくのではないだろうか。

青春まっただ中の俳句

しぜんはねたくさんかくしえあるんだよ　　ひのそうま　九歳
ありたちがわがやのかいわをはこんでる　　竹島　里香　十三歳

平成二十二年、市民活動グループと連携して宮崎市民俳句交流大会が開催された。そのおり、スタッフの一人として千句あまりの投句作品を絞り込む作業中、われわれはたびたび、誰ともなく驚きや感嘆の声を上げていた。それほど小学生や中学生のつくった作品は、新鮮な発想や素直な表現に満ち満ちていた。

その後しばらくこのような子供たちの純真な俳句に出会う機会がなかったが、つい最近若い人たちの俳句に巡り会うことができた。

日焼けせぬところが恥ずかしい苺　狩峰　隆希　宮崎商業高等高校

猫のかたまりが床に落ちており　江藤　佑子　宮崎西高等高校

水温む強めに肩を叩く奴　牧　将暉　宮崎商業高等高校

これらの俳句は、「俳句甲子園」の宮崎予選会「宮崎地方大会」に提出され、チーム間で討議された高校生の作品である。

「俳句甲子園」は毎年愛媛県松山市で開催されている高校生たちの俳句の祭典。本大会に参加できるチームは各地における予選会を経て選ばれている。今回、「俳句甲子園」参加を強く希望する高校生たちがチームを結成し、宮崎で初めての予選会開催にこぎつけたもの。

私はこの予選会の審査員の一人として参加し、大いに気持が高揚したのであった。先述の小中学生の俳句と同様に、高校生たちの俳句に率直で新しい感覚による句づくりに感心し、驚かされたものである。

失恋や苺すみずみまでひかる　　長友　重樹　宮崎西高等高校
幼少期青い苺が描けてた　　高山　礼海　宮崎西高等学校

などにも瑞々しい感性とともに、高校生にしか書けない青春性を感じることができる。まさに、彼らは青春のまっただ中にいて、「俳句甲子園」参加のために俳句をつくっているのである。

ところで「甲子園」であるから、この戦いは相手作品を鑑賞、というより厳しく批評するバトルであり舌戦である。自分のチームの作品への鋭い批評に対しは間髪を入れず反論していく、というスタイルで熱戦がつづくのである。するどく的を射た批評もあればまだまだ高校生らしい応酬もあり、彼らの熱い戦いのるつぼに自分も嵌まってしまったひとときだったように思う。彼らにとっては、俳句を通して自分の意見や思いを熱っぽく主張する、というのもまた青春の一コマと言えるだろう。

なお、宮崎予選会に参加したのは県立西高等学校三チーム、県立宮崎商業高等学校から一チーム五名の合計二十名だった。この中から西高等学校の一チームが優勝、松山で開催される「俳句甲子園」での俳句バトルに参加することになった。

先述の純真な俳句を作った小・中学生そして「俳句甲子園宮崎予選会」で奮闘した高校生たち、彼らの中の一人でも多く、また社会人になろうとも末永く、俳句との付き合いを続けてもらいたいものである。

『流域』の俳句㈡

蜷川露子自選三十句――広大な大地と蜷川露子さんの俳句――

夏日燦と朝の大地に胸を張る

蜷川露子さんについて、「川南で養豚業を営む兼業農家」と書かかれたものを読んだことがある。

宮崎市から北に三十数キロ、火山灰土の台地が延々と広がるあたりが川南町である。ずいぶん昔、この町の知人宅に泊まった。その家はまさしく広々とした川南台地の真ん中、北に尾鈴山を臨む絶好の場所にあって遮るもの一つとてない、まさに爽快な大地にあった。

川南町は県内でも農業の盛んな地域である。農業産出額（農業生産活動による最終生産物の生産額）は県内第三位で、養豚をはじめ肉用牛、酪農、ブロイラー、採卵鶏が上位を占める全国有数の畜産地帯である。因みに養豚の産出額で川南町は同じ宮崎県都城市に次ぎ日本で第二位となっている。

こうした、畜産王国川南で生活されている蜷川さんについて、私には一つのイメージがあった。

それは、かいがいしく主婦業をこなす傍ら、あの広大な大地において、たくましくも細やかに養豚業を始め身辺の農作業に精出す姿である。

掲句は奇しくも、そんなイメージの蜷川さんの姿をさらに補強してくれる。早朝からの一仕事を終えると、既に大地に夏の太陽が燦々とふりそそいでいる。この輝く大地に立ち、太陽に向かいつい胸を張って応えた、というのだろう。この句には、過不足のない生活の実感、すべてを切り盛りしている自信が余すところなく言い取られている。

青く小さく蛙は雨に濡れて来し

人生の色さわやかに秋を塗る

これらも、そうした日常生活の一コマを情感豊かに歌い上げた作品である。

ところで、今回の三十句のうちの三分の一は病院が舞台だ。いくつかの作品からご自身入院もされたのではないかと思うが、描かれた世界には暗さや湿っぽさがない。

病みつつ座れば蛙の目も座る
白衣着て医師もナースも小春かな
点滴の一滴づつの夏の意地

「病みつつ～」には、軽いユーモアと蛙への情がほの見える。「白衣着て」に活動的な医師たちの日常が偲ばれ、「点滴の～」では回復への憧憬が語られる。中には「菜花の黄地に溢れいて虚ろかな」といった心理の襞や屈折感のある作品がないではないが、私にはあの明るい川南の大地に、胸を張って生きている婦人の姿が重なってくるのである。

「雲遙か」自選二十五句から ── 進藤三千代の俳句世界 ──

たぐいまれな言葉選びのセンスと、言葉の付き具合離れ具合からくる進藤三千代俳句のその広大な俳句世界にほとほと感心し魅せられてもきた。県現代俳句協会十七年度総会時の句会の作品、

一月の町へ切り絵のごとく出る

この抒情性とロマン、そしてどこかカラッとしていて青春性を帯びる作品に衝撃を受け、以来三千代俳句のファンになったのである。

しかし三千代俳句は一筋縄ではいかなかった。

流域のある日の例会では

短日のビニール袋にからまれる

封筒に畳めば入る芒原

が提出された。もちろん誰の作品か分からないまま両方とも採って、司会から鑑賞を求められ「なぜいいのか明確に説明できないがとにかくいい俳句なんです」と答えたように思う。

そしていまこの「雲遙か」二十五句を眺めている。

汽車で行く町恋しかり猫柳

白藤や質問という恋の技

金魚また飼う約束の日永かな

膝小僧いつも仲良し金魚玉

夕焼けの小指を結ぶひゃくまん回

魚めきし銀貨のおもて夕しぐれ
彼という波に似し字や野水仙

読むほどに作者の心の静けさと、秘めたる熱き思いがうかがいとれるようだ。「猫柳」「白藤」「夕焼け」といった核となる言葉が、上下の、思いに至らせる風景情緒をさらに補強し膨らませる。ゆるぎない季語の斡旋である。

さて、つぎのような作品はどうだろうか。

犬の頭の四月の海は水溜まり
黒船が発つ春愁の喉仏
鉛筆を削ってゆけば夏の川
永き日の柱時計に海あふれ

これらの作品、作者現前の実像はもはや消えてなくなり、留められるべき印象を変容し融合して再構成されたものだろう。映像が次の映像に飛んでも破綻を感じない。不思議なしかし魅惑的な世界が出現しているのである。先の「封筒に……」の句など、無限大にもなる自然を詩的に閉じこめる感覚に憧憬すら覚える。

意味や言葉の因果関係から離れ、読み手を快い言語空間に遊ばせる作品にわたしは惹かれる。

一方では、

誰も知らない菜の花畑の墜落機

春愁の海豚撲って帰りけり

馬食ってあっけらかんと秋の昼

といった、活動的でいつも颯爽とした身のこなしの、いかにも進藤三千代さんらしい作品も好きである。

中尾和夫自選三十句を読んで

中尾和夫さんは鹿児島の『天街』での活動が長く、『流域』への参加は第七三号（平成十二年四月刊）からでその七三号に初めて登場した、

春愁や少年抱きしめられている

サングラスかけるすなはちほくそえむ

の二句が、今回の自選三十句の真ん中あたりに組み込んである。ということは、このあたりから以降が『流域』時代の作品と思われる。

自選三十句は十句ずつⅠ、Ⅱ、Ⅲの三つの章に分けられているが、そのはじめの

Ⅰの章はごく初期の作品でまとめられているようだ。

汗で眼鏡がずれるよメーデー腕組めば

昭和十三年生まれの作者が東京で学生生活をおくったのは、ちょうど六十年安保闘争のころではなかったか。この句はそのころ自らも参加した学生運動を詠んだ句なのだろう。デモに参加して何事か叫んでいる作者と同志たちの熱気と情熱がなまなましく書き取られている。作者が学生時代に俳句のつくり手であったことは、「現代俳句年鑑、２００８」から知ることが出来る。そこには、「昭和三十一年「風禍樹を覆いて繋き花芒」の句に始まって今日の句境に至る。青春時代『寒雷』（楸邨選）に投句、……」とある。このⅠの章にはそうした楸邨選に投句した作品もあるはずだ。

少年に穂麦やわらか母の日来る
少年等瞳に潮棲ませ夏が来る
千曲の颪に蓬髪吹かれ芒吹かれ
雪呼ぶ雪原点となるべく馬橇発つ

ここの少年・少年等とは、すなわち作者自身ではないだろうか。また友人らと出かけた旅行での一コマであろうか、青春の薫り高い作品が並ぶ。

冬木みなおのが確かな像で立つ

からすうりたぐれば少年に戻れそう

木の葉髪親父を凌ぐ何もなし

青年期は多感ゆえに様々な葛藤がある。そうした揺らいでいる心の裡を俳句作品にして客観的に自分を眺めることもまた俳句作家なのである。これらはいかにも寒雷調の抒情と主観に裏打ちされた俳句と言えるだろう。

次にⅡの作品十句を見ると、はじめに掲げた二句をはじめ、『流域』誌上でお目にかかった俳句が並ぶ。

少女らは街にしゃがんで羽化すなり

蕎麦の花神は透明におはするなり

春愁や少年抱きしめられている

などの句は教師の目から見た少年少女の生態を切り取ったものだろうか。やわらかく解きほぐすような、心地よい句がいくつも並んでいる。

これらⅡの作品のなかで特に印象的なのは、

サングラスかけるすなはちほくそえむ

爾臣民に告ぐ列島の猛暑かな

鶴帰るあとはよしなに島津殿

である。一句目の手に取るように見えてくる仕草と微妙な心理、二句目、三句目の大げさでまじめな修辞によるおかしみは、われらが日頃親しんでいる中尾さん特有の自由闊達な句風である。この自選三十句にはないが、

ほーほけきょケキョと鳴く癖直らぬか

照葉樹林無頼もお通し下さるか

栗の毬より「えへん」という声したり

といった口許がほころぶような、なんともいえない味わいのある句のつくり手なのである。

この章の最後の句に

還暦や芒野に浮力つけている

とあるから、この章は長かった教員生活に区切りがついた頃までの作品が挙げてあるものと思う。

さてⅢの章十句は

カーンと冬空余生はかくも切なきか

から始まる。還暦を境に公職を退けば、今までとは打って変わったような平穏な毎

日の暮らしである。とくに退職して間もない頃は何かを忘れてきたような寂しさだ。寒々とした空を見るとなお心に空虚感が募るのである。「カーン」という響きがことさらそうさせる。

あえて言えばこの年齢からしてすでに「余生」というには早すぎるのではないか、と作者の心境を思ってみたりするのだが、本人は余計なお世話と言いたいところだろう。

この句の余韻を曳くようにこのⅢの章は、

海鼠のゆらぎ輪廻の中に見てゐたり

臨終の二月の夜景観て居るぬ

母逝くや竈の匂ひしたやうな

など、生と死あるいは命をテーマにした作品が目立つ。この章全体が命あるものに対しての慈しみと、死を静かに見据えた作品群で成っているようだ。そして

春眠や終焉はかくたわいなく

が最終に置かれていて、淡々として達観の境地に至った一句で全体が締めくくられている。

初期の青春性に富んださわやかな句に始まりこの句で終わる構成により、中尾和

夫俳句の全貌が一瞬垣間見られたような思いにさせられている。

鈴木康之自選三十句を多角的に見てみると

鈴木康之さんの三十句を通して読んで、全体に軽やかで明るい句が多い。そんな中、まずは対象のなにげない動作や様子やが独特の表現で俳句に成されたものが印象に残った。

御崎馬祓給ひの尻尾かな
エンジェルストランペット吹くの聴くの
隈取りし踊子の来てしょちゅくれ

うしろから見た野生馬が尻尾を左右に振っているのを見て、御幣が振られるさまに喩えるのに、「祓給い」という俳句ではあまり見ない言葉が使われている。ラッパに似たエンジェルトランペットの花はいかにも吹きたくなり、またその音を聞きたくなるものだろう。それを「吹くの聴くの」という平易だが非人称的な言葉でこの花の風姿が言い表わされている。

「非人称」といえば、作者の句集『デモ・シカ俳句』に収録されている、「大空に風鈴千個付けて来い」を鑑賞した際に使った言葉だ。「非人称」が適切な言い方かどうかはわからない。同じく『流域』百号（雲はるか）二十五句の中に「早春へ四十五度に球投げよ」という句がある。これら「大空に……」と「早春へ……」の句はどちらも誰かに投げかけた言葉である。その誰かとは読者であり近くのあなたであり、しかし誰でもないという不思議な感覚にとらわれるのである。

「しょちゅくれ」は宮崎弁で言う焼酎喰らい、つまり飲み助のことと思えるが、踊り子が寄って来て「焼酎をくれ」と言っているような錯覚も覚える。隈取りをした踊り子が男か女かで味わいも変わる。おもしろい言葉が使われたものだ。

鈴木さんには、「日本インターネット新聞」に書いた三百編近い時事評論のうち二百編あまりをまとめた、分厚い『芋幹木刀（いもがらぼくと）』というコラム集がある。すなわち俳人である鈴木さんは一方では社会の動向を見据えるコラムニストでもある。

そんな目で作品を眺めると、やはり時事問題を取り上げた俳句に出会う。

乙女らのケイタイ東風へ捧げ銃

紙芝居のやうマニュフェストの寄鍋

ヘリコプターの基地はここです山帽子

梅雨汚染「お墓に避難いたします」

現代の風俗や出来事、政治経済の有り様をこれらの卑近な比喩や象徴的な言葉で衝いて、ことさらわれわれの心を強く揺さぶる。

さらには、軽いウイットやそこはかとない諧謔にくるまれた次のような作品も鈴木俳句の特徴と言える。

文楽や母より聞きしあれお軽

撥激し猫の皮より津軽節

花冷や肴はイチローと一郎

藷の蔓ぼくら片足戦中派

鈴木さんは『エッセイの神様』（みやざきエッセイストクラブ作品集14）でこう書いている。「……兜太師が「俳味」とは、『人々の暮らしと季節の移ろいが溶け合って醸し出すペーソス（哀感）だ』と語ったことがある。ただ、俳句も文芸である以上、その「俳味」が自己満足にとどまらず、できるだけ多くの人々に共有され、支持される作品を作りたいと願っている」……

そんな思いでつくられたのが次の作品かもしれない。

春市や飫肥天に刺す爪楊枝

秋灯や母の背負いし闇の米

黒木俊三十句についての感想

黒木俊さんと私は福富健男さんを講師とする「NHKみやざき文化センター」俳句講座の同期生である。受講生で半年ごとに発行する俳句入門誌『潮騒』は、半年間の各人の作品と会員作品の鑑賞文を載せている。平成四年十二月発行『潮騒』創刊号黒木さんの作品欄の冒頭に、

碑の文字は黒龍江省苔の花

苔咲くや塔に八紘一宇の字

の二句が並んでいる。黒木さんにとっては初期の作品だが、句柄は格調高く読む者の心にどすんと響いてくる。黒木さんの胸には、第二次世界大戦が色濃くどころではなく、強烈な影を差していたと思うのである。

さて今回の自選三十句の初めの段には、どのように読んでも非情で悲惨な戦争に関連する作品が一見無造作に並んでいる。

あの角を三つ編みの娘は行ったっきり

友の遺体掻き寄せてのち土砂降れる
鳴いて泣いて哭いて混沌夏の雨

この三句は、連作のようなたたみかけが読む者の胸にせまる。

身の内に二つの故国鳥還る
奉天いま氷の華のひらくころ

二つの故国であるから、いまここにいる作者は第三番目の地に居るということである。鳥還る、つまり春に北へ帰る鳥を見て、また冬空を見上げては北にある故国を偲んでいるのである。故国のひとつはまぎれもなく、句にある「奉天」なのだろう。「奉天」そして本文の最初の句にある「黒竜江省」は、旧日本陸軍が進出して行った満州の都市であり地域名である。作者黒木さんの脳裡から離れることのない地であり、また戦争体験であっただろうと思うのである。

ところで、自選三十句の冒頭には気になる句が置かれていた。

捕虜に石投げたる手なり降りやまず

「捕虜に石」を投げるとは、日頃の黒木さんらしからぬ行為であり、見過ごすわけにもゆかない句である。いくつかの『潮騒』や『流域』を繰ってゆくと、平成八年発行『潮騒』七号にこの句が掲載されていた。奇しくも同じ号に黒木俊俳句の核心にせまるような一文があった。かつて読んでいたはずだが、読み返していまさらながら一気通貫にすとんと納得することができたのである。

真向う天山の雪振り返る俘囚　　　　　有働　勇

『潮騒』六号に掲載された有働勇氏の句を鑑賞して黒木さんは次のように書いている。

――まさに言葉もない。我々が決して忘れてはならぬ歴史と、その中に生きた人間の壮烈な命の記録の一部を短詩型にして示してくださったことに感謝するのみである。真実の凝縮と昇華が魂を揺さぶってやまぬ。

すべてを圧倒してそそり立ち連なる雪嶺天山はさながら地の果ての如く、思わず故国は妻子はと振り返らずには居られなかった俘囚の瞳には深い絶望が凍りついたであろう。私は幼時満州で匪賊の夜襲を受け長じて関西では二十数度の空襲を潜り抜け九州に逃げて生き延びた。だがそれは有働さんたちのご苦労に比べれば物の数ではない。あまつさえ、神戸では豪州捕虜に投石した一人である自分を許せない。改めて忸怩たる思いがする。――

重たい言葉である。「改めて忸怩たる思いがする」かつての少女期の行為を一句へと昇華させてゆくには幾多の歳月や出会いがあっただろうと想像する。

またこの文章をして、私自身も改めて先の黒竜江省の「碑の文字」や「八紘一宇」が象徴するものに思いをめぐらし、さらに一群の句に一貫して流れている作者の慟哭に似た思いに触れることができた。

戦争に関わる作品は次の二句あたりが終章である。

十二月八日誰かどこかで藁を焼く

春の臼歯きりきり疼き遠国に戦火

これらの句から、新たな戦争へと向かう不気味な足音、戦火にさいなまれる人々の悲鳴が聞こえてきそうだ。「きりきり」疼くのは臼歯ではなく戦火にまきこまれる人々の心の疼きであり作者の心の疼きである。

武家門やして其処もとも旅人か

サンバヤッサヤッサ南瓜の花に俄か雨

茄だる日は盗人五衛門の友で居る

情景がリアル、しかも飄逸で微笑、苦笑を誘う。まさに日頃目にする黒木俊俳句の神髄である。

粘性の青さ曳きゆく蜥蜴かな

朱夏岩上蜥蜴の交の花結び

地球萬歳ハンミョウの交回転し

文化の日ナナフシムシという不思議

あな畏こ庭に尺余の穴まどい

昆虫、小動物が登場する俳句は黒木さんの得意とするところ。黒木さんのことを会員のだれかが「虫めづる姫」と言っていたが本当である。「地球萬歳」の句はまぎれもなく虫さん賛歌であり、「文化の日」はナナフシの形や生態を細かに観察し、子供のような驚きをそのまま句にしている。ここに登場しない虫俳句もおおかたは虫たちへの愛情表現である。これらの俳句に登場する虫たちを挙げると、華麗な蝶ではなくヤモリ、尺取虫、蓑虫、ムカデ、ナメクジなど実に多士済々でそんなにメジャーではない者たちに目が向いているようなのだ。水虫も出てくる。

老残の旗一本立て行く秋ぞ

八十坂や金柑ほどの夢明り

寒波来屈葬のように湯に抱かれ

私もまだまだやりますよ、小さいけれど夢も持っています、という表明の句。「旗一本立て」や「金柑ほどの夢明り」など絶妙の比喩をもって「ただいま」の心境が詩的に表わされている。一方「寒波来」の句は、しみじみと物思いに浸る自画像であり、ここに来て本当の安らぎを実感している風情でもある。

掉尾には次の句が置かれている。

さくらさくら思い出さずに忘れずに

この句、上五を「さくらさくら」とゆったりしたリズムで読み、中句、下の句を流れるように読んだ。そして「思い出さすに忘れずに」の言いぶりによなく惹かれた。では作者の言う「思い出さずに忘れずに」とは何かと言えば、自選三十句を初めから読んできた私には、まずは、戦争体験をはじめとする諸々の記憶であるように思える。一連の最後の締めの句でもあるから。

しかし本句は、並んでいる二十九句と離れて独立した一句となって初めて真価を発揮するのではないだろうか。相克する微妙な心裡があっけらかんと表現されていて、一句にファンタスティックな気分さえ漂っているのである。なんと魅力的なフレーズであることかと思う。

本句は黒木俊さんの意図とは異なり、「忘れ去られず思い出される」一句となるに違いない。

仁田脇一石俳句の読み方

仁田脇一石さんの宮崎俳句研究会入会は『流域』七十六号（平成十三年）からである。ほかに黒木俊、塚田和子、吉村豊、服部といったＮＨＫ文化センター福富健男講座のグループ、神奈川の石田順久、河原珠美両氏の入会さらに木田秀子、巴旦杏子氏らの参加もあって、『流域』メンバーが一挙に増大したときである。

入会時の『流域』七十六号、七十七号掲載の仁田脇作品を見ると、

指先にためらいの赤沼蜻蛉
葡萄食う赤い糸より腐れ縁
夏草を噛んで片陰よた話

など、俳諧味や諧謔性のある俳句が目を引いた。具体的な風物と微妙な心境描写の連係、あるいはやや世俗的な言葉づかいがなんとも魅力的な雰囲気を醸し出していた。

また、『潮騒』や別の流域誌に掲載された次の作品も心に残った。

六月灯末の娘の泣きぼくろ

ぼんやりと満月の居てバナナ食う

立ちなさい竹の子茸検査です

切ない情景や心情のさらりとした描写、なんとはなしのほのぼの感、さわやかで微笑ましい切れ味、といったものに魅了されてきたものだ。

今回の仁田脇一石自選句三十句を眺めてみると、どちらかといえば全体的に落ち着いた静かなムードの作品が並んでいて、それも作成順ではなく、春からはじまる四季の順に構成されている。

外観して、なんとも言いがたい微妙な心の動きににじみ出ている作品が多いような印象である。一句を鑑賞するいとぐちとなるキーワードとして、どこにでもある言葉がそれとなく配されているように思う。

高階にざらつく足の暮春かな

七月の満月貨車の遠い響き

含羞や枯蟷螂の花の中

「高階に」の句では、作者は具体的は何も言っていない。足が「ざらつく」ような感覚を、特異な季節感を持つ「暮春」や「高階」といった言葉でつなぎ、日常の暮らしに芽生えたとまどいや違和感を言っているようである。「七月の」の句は、夏の満月と貨車の音が遠くに響くというだけの句であるが季節の雰囲気と人間の生活や活動の哀しみが胸にせまる。読み手に言葉を押しつけるのではなく、ぽんと置いて読み手に委ねる、という作り方である。多くを言えない俳句の最大の特徴を生かした作品と言える。「含羞」の句も、その含羞のありどころは読み手に委ねられる。

次の作品も同様のことが言えそうだ。

少年の金網にもたれ螢かな

鯔跳ねてモノレール揺らいで都心

梔子の実の赤々と盲目の僧

黄土色の耳鳴りさんざめく霜

「少年の」の句、螢の季節が持つ独特の空気感を肌で感じ、金網にもたれる少年の後ろ姿は何をかを語っている。そこから、なんとはなしの情趣を感じることができる。しかし一方では、この句が単独で掲げられていた場合、読み手は単なる風詠として通り過ぎる危うさもありそうだ。

「鯔跳ねて」の句は羽田から浜松町までのモノレール内での作と思える。「揺らいで」いるのは「モノレール」であり、また何かを目的に都心に向かう作者の心の

「揺らぎ」でもあるのだろう。「梔子の実」の赤い色と、それを見ることができない盲目の僧の取り合わせに詩情を感じ、「黄土色の耳鳴り」では、実際の耳鳴りの生理的にいやな感じを色調で表現したところは新鮮である。

こうした言葉の配置による微妙な心象作品を得意とするのが特徴とすれば、もう一つ注目すべき特徴がありそうな気がする。それは上から下に流れるように読み、動詞や助動詞で終わるという余韻をもたせた作風が多いことだ。

山桜はにかみながら川に降る
水底に蜜柑の花の流れけり
菜の花や昭和の色に暮れている
山吹や蛇の領域に入り込む
父の日に石ころ一つもらいけり
やまぼうし集いて男散りにけり
泣くように栴檀の花降りしきる
秋の川蝮打たれて流れけり

これらの句は全般に明るい雰囲気であり、動きと情景が見えるようにすんなりと読み手に入ってくる。「菜の花や」の句では、「菜の花」に「昭和の色」を見る感覚がすばらしい。「昭和の色に暮れている」は昔の情景と世相が甦ってくる巧緻なフレーズである。「父の日に」の句、おそらく幼な子からであろう、もらったのは石ころ一つであるが、なにものにも代えがたい真心が籠もっていると作者は感激しているのである。ここでは読み手は、助動詞「けり」のもつ「詠嘆」の効用を十分感受すべきだろう。

ところで、仁田脇さんは前職が畜産を振興する県職員だったことから、自選三十句にも牛や動物に関する俳句がいくつかある。これまでにつくられた数からすると少ないぐらいである。畜産業をはじめ農業振興の立場で地域を詠んだ句を含めて挙げればつぎのような句がある。

らっきょ呑む駝鳥にもある望郷
雨降る畳に黒い牛の寝ている
瞳の蒼い黒牛は夏野に沈む
和牛舎に空っぽの闇芝桜
開拓地は赤色無臭の霧の中
子別れや啼く牛の声遠くの眼

「瞳の青い」と「和牛舎に」の句は宮崎を襲った家畜の法定伝染病口蹄疫の時の

句で、「蒼い」「沈む」「空っぽの闇」という言葉が伝染病の蔓延がもたらした悲傷、非情、空虚感といった思いを再び、あるいは何度でも喚起させる。しかし私は「雨降る畳に」の句におおいに惹かれる。かといってなぜ雨の中、畳に黒い牛が寝ているのか、詳しいことはわからない。それでも、牛舎の中でもない場所に畳がある状況、しかも雨の中、その畳に牛が寝ている非日常性に引きつけられる。

仁田脇さんにはかつて『潮騒』十八号（平成十三年発行）の巻頭に書いた「山頭火的と万太郎的」と題した好文がある。ともに明治・大正・昭和の三代を通して生き、その似て非なるすざまじい境涯に世間と微妙にずれた悲しみを感じ取り、その両極に位置するとも言える俳句に憧れる、と書いている。

たしかに仁田脇さんの俳句には今回の三十句をはじめ、これまでに出会った作品の中にも、生きものの生と死を詠んだ句がいくつもある。しかも本来は厳しく重いテーマを、直截ではなく絶妙な言葉選びで抒情性をもたせ、俳味を効かせて、あっさりとした表現で句づくりをしているようなのだ。こんな風合いの俳句づくりが実は仁田脇俳句の最大の特徴でないかと思う。今後もどのような言葉が仁田脇俳句からとびだしてくるのか楽しみにしている。

真摯な姿勢と俳句 ― 吉村豊作品から思うこと ―

吉村豊さんが鳥や草木をはじめ動植物に詳しく、音楽にも堪能であることなど、この自選三十句評のコーナーで黒木俊さんや高尾日出夫さんが詳細に紹介している。これに私が付け加えるとすれば、吉村さんは以前、県内で出版されていた冊子『みやざきの自然』に、「みやざきの滝を訪ねて」と題して矢研の滝など県内の主な滝をシリーズで紹介していた。また自然科学の分野に限らず、人文、芸術文化などあらゆる方面に博識であることにいつも感心させられた。句会や吟行会ではむつかしい花の名、鳥の名などみんなで教えていただいているのである。

個人的なことではあるが、私は学生時代、吉村さんとは同じ研究室、同じ趣味のクラブに所属していた。また選んだ職種が同じで仕事内容が重なることも多かったことから、公私にわたりずいぶんとお世話になった先輩である。さらには福富健男さんの導きで同じ時期に俳句を始めることになって、これもまた不思議な縁なのである。

自然科学分野に特に秀でた作者であるから、俳句作品にも専門的な用語が出て来てすこし困ったり考えさせられることもしばしば。今回の三十句にも「鵟《ノスリ》」という鳥が出てくる。鵟はタカ目タカ科の鷹の仲間。餌を捕らえるのに地上すれすれに滑空するという。鷹との区別がわからない私だったら単に「鷹」と詠んだかも知れない。自然科学を追求し、鷹も鵟もその生態を十分知り尽くした吉村さんなればこそ、名がメジャーでなくても見たままの「鵟」をもってくるほかなかった。今回の自選三十句でも鵟のほか目白、青葉木菟、青鷺、雲雀、鷹など結構多くの鳥が登場して、「鳥の吉村」の面目躍如である。

我が躁よ鵟は高く陽を浴びて
横瀬裏早口目白の巻き戻し
僧服の青鷺すっくとミサの鐘
揚げ雲雀千年墳墓の目覚めです
管つけて飛び立てぬ母鷹渡る

吉村さんの俳句は概してなにも飾らない直截な表現でつくられていて、句意が平明、明快な作品が多い。前掲や次に掲げる句の傍線部分のように、これまで誰も使ったことがないオリジナルな言葉による表現者、といったところである。

ボヘミアンに魔の手のごとき葛かずら

歯もげの町共に老いなん青葉木菟
通夜を辞す灯下ぼたぼた草蜉蝣
稲光田の神そのたびほくそ笑む
いきなり春町中に白溢れ出し
光野にひょんの実ポーポー子供がいない

傍線の言葉のような直截な表現でいきなり核心に触れてくるため、心情や思いが直接響いてくる。「魔の手のごとき」で、葛の蔓の傍若無人でうっとうしい過繁茂状態を彷彿とさせ、「歯もげの町」で人気のないうら寂しい状況をすぐにも思い描ける。二句目にある「ボヘミアン」には伝統や習慣にこだわらず自由奔放な生活をしている人、の意がある。これらの言葉の主体は自分のことだろうか。「ボヘミアン」と客観的に見た自分と、目の前の「葛かずら」という対象が、際立つ対比となっている。冒頭の「鷲」の句では明らかに二物は順接。「鷲」が高く舞う姿と躁気味の自分の気分が相乗的に高まって行くの観である。我が躁を肯定している作品なのである。

このような句づくりにおける単刀直入な言葉使いは、かつて吉村さんが書いていた本人の性質とどこか照合する。『流域』八十五号の特集の会員自選三十句『雲遙か』に、自身のことを「元来がストレートな性質で変化球は投げられず受けられず……」と記している。親分肌でどんなに多忙な時でも快く引き受ける面倒見の良さ、直情型の責任感あるいは正義感を持ち合わせるなど日頃の吉村さんを思うに、前掲句をはじめとした俳句作品上にもこうした持ち味がにじみでているように思うのである。

屠蘇祝う我が玄海の鰤を得て

読みながら気持が昂ぶる大らかな俳句である。場面はあるいは家族団欒のときかと思う。家族を詠んだ句にはほかにいくつもある。

玉葱は日に日に太り娘の巣立ち

歯もげの町共に老いなん青葉木菟

グッバイと東京へ発つ花むくげ

暴風雨圏ベンゼン環の家族です

管つけて飛びたてぬ母鷹渡る

やはり直截な表現と言える。お子さんの成長と巣立ちの様子を詠んだ句は素朴で微笑ましく、好もしい作品となっている。また暮らすには寂しい「歯もげの街」ながら「共に老いなん」と妻へ呼びかけ、自由自在な鷹とちがって生命維持の「管」

をつけて飛び立てない母上を思いやる。感情を表す形容詞はどこにもないが、思いが確実に読み手に届く。

吉村さんの自選三十句を読んできて思うことは、まわりの出来事、事象などに真摯な姿勢で向き合っている、ということだ。つねづねより自然界や社会、人の営みや家族に対し誠実に向きあうことで、前掲句同様、次の句のように賛美や共感あるいは愛惜の念が明瞭に折り込まれた作品となっているものと思う。

切干の幾何学台地光跳ね
島影やオラショの声のかすれゆく
堰切られ田水は走る人駆ける
通夜を辞す灯下ぼたぼた草蜉蝣
いきなり春街中に白溢れ出し
デントコーン伸びて刈られず雲の峰

後藤ふみよ俳句のおもしろさ

後藤ふみよさんは宮崎市の町なかにお住まいのいわゆる町っ子である。だが今回の自選三十句俳句作品には、山村ゆかりの言葉や風物がふんだんに登場する。例えば「米良」、「記紀の道」、「十五夜さんだご」、また「カリコボーズ」など。宮崎市とはいえ山ぎわの田舎に住んでいる自分にとってもなんともいえぬ懐かしい気分にさせられるのである。

後藤さんの実家は旧東米良村銀鏡《しろみ》で、『潮騒』で俳句を始めた頃から、十二月十四日に必ずおこなわれる銀鏡神楽にたびたび呼んでいただいた。神楽殿では夜通し舞われる神楽を楽しみ、ご用意いただいたご実家の宿ではおもてなしの山菜づくしの料理に驚嘆し、舌鼓を打った。また厚く着込んで炬燵をかこんで句づくりに取り組んだこともあった。

宮崎在住のものだけでなく、今は『流域』メンバーとなった石田順久・河原珠美夫妻はたしか二度も続けて訪ねている。熊本の野田信章氏、鹿児島の山下久代、宇都宮華水両氏の訪問もあった。これらの貴重な体験もすべて後藤さんにお世話していただいたものだ。

後藤ふみよさんとは、私が福富健男さんの俳句講座に入ったときの最初からのメンバーだった。平成四年の夏ごろ、講座の半年間の成果を句誌にして出版することになり、『潮騒』の名称は福富健男さんが命名した。「河童の子の会」のグループ名を提案したのが後藤さんだった。現在もこのグループ名で句誌が続いていることを思えば、後藤さんは最も初めから重要な役割を果たしたのである。
今は懐かしい『潮騒』創刊号から後藤さんの俳句を見てみると、次のような、ふわっと心の和む作品が眼に入る。

たんぽぽの絮が恋して屋根越えて
夕焼けこやけ鍵が鳴ってる頭陀袋
山風よさよなら三角蕎麦の花

『潮騒』第3号で、吉村豊さんが後藤さんの俳句について、「普段は、天真爛漫ののびやかな句を多くつくっておられる」と書いている。その言葉どおり、『流域』誌掲載作品を加えた今回の「自選三十句」の次の句なども、童女のような心持ちで詠まれた屈託のない作品である。

褒められてソンシンローバイ花ざかり
原いっぱいさくら菜の花米良が見ゆ
菜の花の迷路に莢はフェンシング
静かさや添い寝の昼の団扇かな

やさしい言葉づかいで読む者をくつろがせるような作風である。これらの作品には後藤ふみよならではのゆったりとした世界が広がっている。そうした思いで後藤ふみよ俳句を見ていくうちに、いくつかの特徴が見えてくるのである。

ひとつが先述した「ふるさと観」とでも言えそうな作風である。単なる懐かしさではなく、村落の暮らしぶりや人情が彷彿として描かれている。

盆用意記憶のやから皆酒好き
彼岸花とにかく恋しい下校道
炎えていいて冷えていいて村彼岸花
十五夜さんだご盗みし澄んだ瞳
あかあかと沢蟹上ぼるかま焚口
大百足の足音を聞く生家かな
一つ家に亥と子が棲みてお正月
米良月夜かりこぼーずが尾根ゆする

「盆用意……」は、状況がお盆だけに今は亡き親類縁者のだれそれを思い出しての追憶なのだろう、かつての村の人々の交流や暮らしぶりも想像される一句である。「燃えていいて……」の句は、村じゅうあざやかに彼岸花が咲き誇ってはいるものの、どこかうらさみしい村の風情が目に浮かぶ。必ずしも少子化、人口の減少といった社会現象を詠んだものとは限らない。村の暮らしにある喜びまた哀しみといった、言葉では表せない想いが「村・彼岸花」に込められているようだ。

「大百足の……」の句は、山間の旧家に住んだものにしか理解できない心情がこもっている。夜中に聞く、ムカデが障子を這うあの音はやや不気味で懐かしい。幼時里山の麓に住んだ私は「パリパリ」という音色でムカデの大きさがわかったものである。

さて、後藤ふみよ俳句のもう一つの特徴は、父母のことを詠んだ作品が多いことだ。

精霊蜻蛉低く舞い来て母降ろす
幼児の歩巾で歩く父の日です
彼岸花父は今ごろ真水でしょう
秋夕べ他人顔する母に添う
雲の峰父の氣骨が見えてくる
咳一つして父帰りくる霜夜かな

このように父と母が登場する作品が多い。四季順だからなのか、義理のご両親のことでもあるのか存命死後の順が不同のようである。「幼児の歩巾」、「今ごろ真水」、

「咳一つして」といった言葉を介して作者の相手への思いや相手の表情が読み取れ、じっくり心に効いてくる。「精霊蜻蛉……」の句は『潮騒』時代のごく初めの頃の作品として記憶にある。精霊蜻蛉という文字から来るお盆の頃の雰囲気や胸元あたりを群舞する蜻蛉の生態、母への思慕がこめられていてつよく印象に残っている。

第三の特徴として、鮮やかな色彩感に満ちた作品が目を惹く。

原いっぱいさくら菜の花米良が見ゆ

小面の唇の色もて山椿

若草や馬上の少年凜として

姉去りて前の山畑曼珠沙華

「原いっぱいさくら……」台地に広がる満開の桜並木と菜の花畑の情景がまざまざと目に浮かぶ。絹の布を覆ったような一面の桜と黄色い菜の花、贅沢な配色である。さらに作者を知る人は故郷米良に想いを馳せる作者も見えてくる。

他の句では、小面の唇の色と椿の紅色、周囲の若草色に映える少年の勇姿、淋しいながらも一面に燃え立つ曼珠沙華、どれもあざやかな色彩感とともに作者の心の動きもうかがえる。故郷を詠んだ作品にはことに曼珠沙華が多く登場している。

このように、平易な表現で情感豊かに書き留めた後藤ふみよ俳句は読む者の心をおおいに和ませてくれる、という特徴をいくつかの側面から見てきた。
しかし一方では、と言うかその延長にあると言おうか、こうした伸びやかで明るい作品のなかにもいささかの憂いが秘められていたり、また人間への洞察たくましい作品にも出会えるのが、後藤ふみよ俳句のおもしろさではないかと思うのである。

万緑や石に石の目石工の目
若葉とわたし車いっぱいの過去捨てる
豆撒くやひとり芝居で心ぽろり

海蔵由喜子自選三十句に触れて

海蔵由喜子さんの俳句づくりがいつからなのかは聞いていないが、平成十三年に永田タヱ子さんの指導する「小林合歓の会」に入会して本格的に句づくりが始まったようだ。その「小林合歓の会」が十七年間の会員作品を集大成したアンソロジー句集を平成二十七年に発行している。この中から私の好きな海蔵さんの句をいくつか挙げると、

全身を撮ってください野海棠

尺取りの歩幅の如き句の歩み
手品師の凧かもしれぬ銀杏舞う
人間をかごめかごめと群れ蜻蛉

など、決して「尺取りの歩幅の如き」ものではない作品が並んでいた。
次に『流域』誌では、平成十九年十二月発行の九十号の会員作品十句に初めて登場する。さらにこの号は記念号として会員が特集「雲はるか」に自選二十五句とエッセイを寄せていて、海蔵さんも参加している。その「雲はるか」自選二十五句からいくつか挙げる。

かまどうま密葬がいいと声揃う　会員作品
跡継ぎのあとが続かぬいのこずち　々
ふるさとのぽっこり山の紅葉かな　「雲はるか」
逍遙の手の甲にくるばったの子　々
小判草風に吹かれているばかり　々

このように、「小林合歓の会」句集の作品、『流域』九十号作品ともに、平明で温かく、柔軟な俳句に出会えた。しかもそれとない心の動きもにじんでいる作品がならんでいる。

さて今回の自選三十句について。ここからは流域句会や県民俳句大会などでお目にかかったおなじみの作品が並んでいる。なかで特に好きな句が次の句、である。

腕一本脛一本の芒です

末枯れたさまの芒が軽々とリズミカルに詠まれているが、読むほどにしんみりとなってくる。この句は平成二十二年度の県民俳句大会で選者のひとりだった私が特選にいただいた作品だ。またまた脇道に逸れるがその時の選評は次のようなものだった。

すっきりとしてリズム感のある作品。芒に腕や脛があるはずはないのだが、ここでは芒にもはじめは腕二本脛二本があったのである。芒は、これまで薫風や涼風のなか何の不足もなく過ごしてきた。しかし時が流れ、風雨にさらされてきた今は、このように手足を半分もぎ取られた状態だと言っている。

芒はすなわち自分である。今の自分の心の内は、腕も脛も、それぞれ半分もぎ取られた状態だと暗に言っている。動詞も形容詞も使わずに、胸の内にある虚無感あるいは喪失感といったものを、擬人法を用いて象徴的に詠った類い希な作品と思う。

付け加えれば末尾を「かな」などとせず現代風の「です」としたことで、そう深刻でもなくあっけらかんとした、明るい雰囲気にしたのもよかった。

さて、海蔵さんの自選三十句を概観して、多くの作品にこの「芒です」の句の風合いが漂っているように思う。

金魚死す三個の糞の浮き世かな
山藤やぶらさがるもののほしき日々
向日葵や整体されて真人間
春塵のような持ち物捨てきれず
どの趣味も下手で続くよ心太
着ぶくれてそのうちそのうち日が暮れる
皇帝ダリアいつも身長高く言う
春の風天草四郎にほの字です

自分を客観的に見据えた滑稽味のある句だ。いくらかの憂いを秘めた趣のある句もある。「金魚死す」の句は金魚を擬人化した死生観をまとい、芭蕉の「おもしろうてやがて哀しき鵜舟かな」を思い出す。まさにおもしろくて少し哀しい俳句の作り手、というのが、まずは私の俳人海蔵由喜子観である。

そこで少し哀しい俳句の視点で自選三十句を見ていけば、夫の亡くなって以後の心の動きを直截に、象徴的に詠んだ句が目に留まる。

夫の里終いの棲家に決めし夏
夫逝きて綿入れにあり飴一つ
みどりの日無季編にいる亡夫かな
ラストダンス忘れて逝きし牡兎
たんぽぽや孤独を隠し根をおろす
生きる者鯉料理食う七回忌
金婚の案内来ない冬銀河

「夫の里」の句は、この自選三十句の冒頭に置かれていて、夫とのつましくも誇らしい暮らしぶりも推察される。その次に置かれたのが「夫逝きて」の句。亡くなってしばらくたったある日、綿入れに発見した飴一個。素っ気ない書き方がかえって奥に秘めた追慕の念を感じさせる。前の句「夫の里」の句との格段の落差に読み手はうろたえるのである。「無季編にいる亡夫」の自解を聞いたようにも思うが思い出せない。今日はみどりの日の特別の日ではあるが、季節にかかわらずいつも亡夫は心の中にいる、ととるならいかにも切ない句である。淡々と詠みながらどこか悲しみをにじませている。

「たんぽぽや」はまさにただいまの自分の境遇をたんぽぽになぞらえた直截な句である。

縁うすき父の供養や須磨の秋

師走月ころりと逝きし母想う

こまごまと置き手紙する母子草

なくなっている父母や遠くの家族を思っての句がいくつかある。日常生活のなかでふっと過ぎる思いを句に載せて伝達しているようにも見える。伝達したい相手とは読み手でありまた句の中の相手でもあるだろう。次の句からも同様のことが言える。

長き夜の越路吹雪と仏間かな

枇杷熟れるかたちの家族夢を見る

たんぽぽや孤独を隠し根をおろす

山法師綺麗なうちにウェディング

母の日やこころの何を残そうか

海蔵さんは単に花鳥諷詠ふうに書くのではなく、自分自身や相手をいきいきとおもしろく、またしみじみとすこし哀しく書く作家だと思う。まわりには流域句会や「小林合歓の会」の人たちとの活発な交流と研鑽の場がある。引き続き持ち味の「おもしろうてやがて哀しき」俳句を読みたいと思う。

大浦フサ子三十句評と鑑賞

初手水手のひらの翳祓うなり

清々しい気分とともに今年初めて手水を使っている。掌に翳などあるわけではないが、心身ともに身ぎれいにして、神前に、あるいはまた新春の新たな出会いに臨みたい、との気持が読み取れる。

初春や男の嬰そそと抱き廻す

身近な縁戚の男の赤ちゃんだろうか、そっと抱き取ってしばらくの間あやすほほえましい姿が目に浮かぶ。「そそ」との言葉が実によい。

くろ松の初冠雪に甦る

相当高い山の麓にひろがる黒松群のようだ。その山が初冠雪を迎えるとこれまでとは違って見事な風景をみせるようになったのだ。

初鏡ティッシュを曳けばともに皺

箱から曳きとったティッシュと鏡に映った自分の顔がともに皺であった、との作者の自解を聞いた。初鏡であったところに情趣がある。

囀はディケアの戸口ふさぎおり

「囀」とは本当の小鳥がさえずりなのか。あるいは大勢が戸口付近にたむろして、大声で会話しており、戸口をふさいでいる状況か。人々の賑やかなおしゃべりのことと取りたい。

白桃や比丘尼しずしず階のぼる

状況がくっきり目に浮かぶ。白桃の色彩と質感が、しずしずと階段をのぼる姿とうまく照応している。

大山蓮華みどりごの手はひらいたよ

大山蓮華の花は真っ白でふくよか。その咲きぶりを、「みどりごの手はひらいたよ」とひとり呼びかけているのである。色彩感とともにやさしい感覚にひたることができる。
　向日葵をそっと寄せれば燭となす
下五が「燭となる」なら明快だがあえて「燭となす」としたところに、作者の何らかの意図があったのだろうか。
　訣れとう春泥深き轍なり
「訣れ」を、どなたかとの永遠の別れと読んだ。ひと雨ごとに暖かくなっていく季節での訣れ、その春の雨に生じた轍はまた、その人の生きてきた証とも見る。感慨無量。
　旅帰り田植え支度の泥かぶる
旅から帰ってきて早々に田植えの準備。田圃に入っての重労働を思わせる。この時期の農村の緊迫した日常を垣間見ることができる。
　笹に風短冊無下に飛ばされて
おそらく七夕の短冊ことだろう。せっかく飾り立てた短冊が失われた。あるかなきかの無常観。
　野辺送りキツネノマゴの道半ば
キツネノマゴは夏から秋に道ばたでよく見る雑草。うす紅色の小さな花をつける。

本の句は、キツネノマゴが道半ばにまで広がって茂っているのだろう。そこに野辺送りの行列、ある日のわびしい農村の風景である。

銀太鼓裸漢の揆高し

銀太鼓と呼ぶ行事か習わしがあるのだろか、情景はあざやかである。威勢のよいかけ声とともに「銀太鼓」を打ち鳴らす様子が目に浮かぶ。

立葵子らの三叉路煙立ち

実景だろう。実際の三叉路にいる子供たちが育ち、やがては三方に別れていく予感が多分にある。「立葵」の鮮やかな花色のわりには茎葉が粗剛というアンバランスなところが、子らの三叉路には似合う。「煙立ち」が要るかどうか。

太陽のふと滑らした緋のマンゴー

太陽とみどりの国、宮崎県。そのブランド農産物の主力のマンゴーを題材にして明るく雄大だ。この句は「ふと滑らした」が眼目と思う。太陽がはずみで手を滑らせ、ここ地球に落としてしまった、それがマンゴーだ、というのであろう。まさに宮崎完熟マンゴーのブランド名は「太陽のタマゴ」。

百日紅母は厨に統べており

盛夏、百日紅が咲き誇っている。なんとも暑い。そんな中、家庭の主である母が、厨でなにか特別な料理づくりを陣頭指揮したり、自分もいそがしく料理している様が見えるようだ。百日紅が効果的。

青葱の正しき行進左折せり

畑で作られる青葱は、列ごとにまっすぐである。正しき行進とはまさに言い得ている。そこに突然「左折せり」の言葉、意外性が快い。左折したのは、葱の列か、人なのか。

迎え火や手を振りながら誰か来る

迎え火だからお盆である。手を振りながらやってきた誰かとは誰なのか。近所の人か親戚の人か、はたまた……。

椎の花石垣しっくり肩を組み

普通なら「しっかり肩を組み」としがちだが、「しっくり」の言葉選びがよかった。永い年月の風雪に耐え、支えあってきた石たちへの思いが読み取れる。どこかの城趾だろうか、椎の花がまばゆく咲き誇っている。

新じゃがの多胎児大小膝の上

畑のジャガイモを掘れば、まさしく大小の薯がごろごろと出てくる。これを多胎児との見立てに納得。ただ「膝の上」は要るかどうか。

夏草に角力連続勝負なし

一読状況がすべてわかる句。引き分ける勝負をきりもなく続けていることに作者は興味をそそられたのだろう

棉の花砂漠の果てに弾けるや

この句は読み手を悩ませる。なにゆえか棉の花が運ばれて行き、とある国の砂漠を越えたその果てに、弾けて白い綿を吹き出したのか。いくばくかのロマンが漂う。

手のひらにバナナの房よ母は笑む

日常の一コマに思える。「母は笑む」になんらかの思いを込めたかったのかもしれないが十分には読めなかった。

赤紫蘇の深紅夕日転がして

この句にもとまどった。よくはわからないが束にした赤紫蘇が夕日と相まって、さらに鮮やかな深紅を呈している情景だろうか。

花ニラはわが熔岩原《らば》にあふれおり

石礫が多くあたかも熔岩原のような私の畑、ニラを植えて放っておいたものだから花ニラとなって畑にあふれかえっている。熔岩原とやや大げさにしたところに諧謔味あり。

結いに忠実《まめ》ニッカーボッカよホーホケキョ
誰かニッカーボッカ姿で結いに参加、こまめに励んでいる。下五の「ホーホケキョ」がとぼけた味を出していて、苦にならない気楽な作業でもある風情だ。

鎌を砥ぐ水の道先蟻の列
「鎌を砥ぐ」から収穫の秋を思わせ、さらに蟻の列から小さな生きものの活発な活動を思わせる。

少年の恋へと離脱蛇衣
少年の恋心の芽生えを蛇が衣を脱ぐことと対比させている。「離脱」が適切かどうか。

奴凧九条の太文字載せており
最近の社会情勢を背景に客観描写している。「大文字」に作者の気持がほの見える。

クリスタルの混声第九谺する
「クリスタル」とは、透きとおるような混声合唱、ということか。そのような混声が谺のように何度も何度作者の胸に響いた感動をそのまま一句に仕立てられている。

石田順久三十句を読んで

石田順久さんの句集『鋤あらば』の次の俳句を忘れることができない。

戸板四枚日向《ひうが》空間にめり込む

日向の文字に「ひうが」のルビがあるから宮崎の地のどこかで詠まれたものと思う。実景なのか虚構なのかなんとも不思議な俳句だ。ルネ・マグリットの「ピレネーの城」のように、宮崎の上空、戸板四枚が結界のごとく組まれて浮かんでいる。あるいは宮崎県土に戸板四枚が結界のごとく突っ立つさまを思い描く。また高千穂夜神楽に舞われる戸取りの舞にも思い至る。さらに戸板とは人間のことで四人の人間が日向の地に降り立った、ともとれるが深読みか。何度も宮崎を訪れ触れてきた風景や風土、人間、生活などの印象をもとにした心象風景ではないかと思う。

「ひうが」と書いて「ひゅうが」と読ませる俳句はほかにもあって、それほどに宮崎を意識していただいていることに改めて感謝したい。これは河原珠美さん対しても同じ思いである。

順久さんとのつきあいは宮崎で開催された「宮崎現代俳句の集い」の懇親会で同

じテーブルだったことから始まる。とりわけ仁田脇一石さんの斡旋で翌年と翌々年二年続けての銀鏡《しろみ》神楽行で、石田夫妻の宮崎びいきは確実なものとなったと考える。その後金子兜太句碑建立にともなう一連の吟行・俳句会行脚をはじめ折々の俳句行事に夫妻で来宮いただいた。また私の三年間の東京勤務時代には、森田緑郎氏を指導者に石田夫妻が主催して行う俳句例会「森の会」へ毎月のように参加して順久さんたちに会っていた。今思い起こしてみるに、順久さんの風貌は遠くを見るようなまなざしでいつもにこやかに、言葉少なに何かを語っていたように思う。しかし一方では合評会などで熱っぽく持論を展開することがあり、沈思黙考型にして情熱家、つねに俳句に対して真摯に向き合っているという印象であった。

そこでこのたびの自選句、まさに真剣にそして静かに読み手に語りかけているような雰囲気の三十句ではないかと思う。また一句一句にはさまざまな志向、思想が投入されていて読み手を飽きさせない。キーワード的に言えば内省的、心象風景、象徴、自我、諧謔性、滑稽、社会性、人間観、風土、郷愁といった言葉を思いつく。また俳句形式では口語文語、新と旧のかなづかいを用いた自在な詠みぶりである。

自選三十句の冒頭が次の句。

蝶々の行って帰って光かな

春の光のなか、蝶々の自由気ままな行動が描かれている。さらに蝶が帰って来たときは光をまとっていた、とも読める。魂の彼岸、此岸への行き来を象徴的に書いているのである。見当はずれの深読みだろうか。しかしこのような一見単純に見える俳句には、作者の深い想いが投影されていないはずはない、と思うのである。次の作品にも作者の思慮や心境が反映されている。石田順久さんは心の裡を象徴的に書き取るのに長けた作家ではないかと思う。

薬カラフルに並びいし立春
カラスノエンドウ生死が軽くなりにけり
桜蘂降る現況という重力
あめんぼう沈みたくても沈めない
重たくて枝垂れて散りぬ百日紅
閻魔の日朝の彩雲どきどきす
帰郷とう刹那の畏怖よ数珠の玉

秋桜子の句に「桑の葉の照るに堪へゆく帰省かな」がある。
秋桜子句からは、郷里に向かうときの面はゆいようなうれしいような微妙な心理が読み取れる。一方順久句の「帰郷とう」は「畏怖」の文字からして暗い句であるが、懐かしさをともなう「数珠の玉」を配することで揺れ動く複雑な心理が書き込まれているようだ。

フンボルトペンギン路面電車からぞろぞろ
颪に蟷螂巌流島の小次郎です

これらの句に見るユーモアでくるんだ象徴表現には一抹の哀感をも読み取ることができる。

「フンボルトペンギン」の句、ネクタイを締めた勤め人たちが電車から下りてくるさまを描いたのだろうか。「颪に蟷螂」の句、小次郎が負けるのがわかっているだけに哀れさを感じる。

また、望郷、郷愁の言葉で括れそうなほのぼのとした次の句にも惹かれる。

芽吹山亡父は農業指導員
ポッペン吹くよ国民学校同窓会
飛び飛びの記憶に山気額の花
祖母必携の落とし蓋かな泰山木
うるめいわし遠い山から斧の音
胸の火は昔々の野菊かな

次のような、風物や人物への穏やかな視線、抒情を秘めた屈託のない作品もまたよい。

風倒の大樹に添えり曼珠沙華
羽化の蝶まずは天辺睨むかな
木漏れ日の冬芽に銀のコートかな
十王堂の堂守女人曼珠沙華
立冬やザトウクジラが海叩く
庇い手の力士良きかな冬青草

ほかの作品についても、「塩分は控えめですね花菜畠」にみる自嘲気味のおどけと即かず離れずの花菜畠の色彩、「九条風然バックミラーに青葉騒」の社会に対する軽い憤りと抒情性、「茄子胡瓜塔婆に風の音はげし」にある生活感と無常観、「富士夕焼来し方悔やみゐし厠」には雄大な情景と自我と意外な厠からくる意外な効果、「銀杏黄葉天の友来て鉄削る」の天の友の存在感と鉄を削る行為の不可思議さ、「悲しみに純かなポインセチアかな」の朱のあざやかさと悲しみの意外なマッチング、「友逝けり胸の白菜キシキシ哭くよ」の絶妙といえる「キシキシ」の語感、などのように読み手が見過ごすことができない要素がそれぞれに込められている。

これからも私は、いくつものキーワードで提示されるひたむきな順久俳句に出会いたいものだと思う。

河原珠美俳句とともに

河原珠美さんの作品について書くにあたり、その前に書いておかねばならないことがたくさんあるような気がする。

珠美さん夫妻に初めて会ったのは、平成十一年五月宮崎市で開催された「宮崎現代俳句の集い」の懇親会の席だった。二度目がその年の十二月の宮崎県東米良の銀鏡神楽行。防寒着にくるまり夜っぴて堪能した神楽、宿所への道を間違えて三人でたどった早朝の寒々とした渓谷の風景が今でも目蓋に浮かぶ。

珠美さんはこの夜神楽見学の成果を、句集『どうぶつビスケット』に十二句載せている。いくつか挙げると、

大粒の星が青いぞ里神楽

リフレインして夜神楽はまだ四番

かあちゃんの神楽せり唄どっと火の粉

鬼神はきっといたずらな男の子
神と遊んで二藍色の夜明けです

どれも気持ちが和らぐ口語調の優しい語り。おもわず口許がほころんでくる童話のような作品に魅せられたものだ。

ところがこの夜神楽行から間をおかず、奇遇にも私は平成十二年四月からアンテナショップ「新宿みやざき館コンネ」の中にある県の出先勤務となって、河原珠美夫妻との新たな交流がはじまったのだった。

当時河原夫妻は神奈川で、森田緑郎氏を指導者に句会を主催していて、私は毎月のように参加していた。

句会は六・七名の仲間が作品を持ち寄り批評鑑賞し合い、ときおり吟行会が行われた。さらに近隣の俳句同好の人たち十数名による俳句の勉強会もあって、これも河原夫妻が世話していた。これらの日程調整や当日の進行など、時間と労力のかかる行事の一切を珠美さんは取り仕切っていた。

このように珠美さんたちが企画立案した俳句行事の一端に参加できたことは、今更ながらありがたいことだったと思う。

一方東京都内では、『海程』東京例会が定期的に開催されていた。私はすでに

『海程』の購読会員で参加資格があったが、こちらに参加できたのは数えるほどだった。これらの海程例会や、都内や関東で行われる『海程』全国大会でも、珠美さんは総合司会をしたり、分科会の世話役をしたりと、まさに八面六臂の活動ぶりを見せていた。夫の順久さんとともに、金子兜太大好き人間、万事気が利き手際のよい彼女を、『海程』は放っておかなかったはずである。私はこのような珠美さんを仲間とひとりとして頼もしく感じ誇らしく思いながら眺めていたものである。

河原珠美さんの積極的な活動の一端を書いたが、一方では人に対する実に細やかな配慮、気配りに私たち宮崎の俳句仲間はいつも感謝している。その一つをあげれば、平成二十六年箱根での海程全国大会のおり、宮崎からの参加者にオプションの一泊旅行を企画・案内していただいたことだ。海程大会スタッフとして心労があったと思うが、十分に楽しいものとなるよう配慮されたひとときだった。

珠美さんは宮崎に行くことをよく「宮崎に帰る」と言ってわれわれを喜ばせるが、実際に宮崎に何度も「帰って」いる。

こんな宮崎大好き人間河原夫妻を、宮崎の福富健男さんが放って置くはずがなく、平成十三年には『流域』同人に迎えられた。今、神奈川から送られてくる選句と句評が、定例会で披露されるのを会員一同が心待ちしている状態である。珠美さんが

「ネコ大好き人間」であることを知らない人はいない。『流域』誌に毎回掲載される「六斗山だより」は圧巻である。いろいろな猫たちとまわりの人間が織りなす生き物模様が実に楽しい。『流域』誌と定例句会に河原珠美さんと順久さんは、どうしても欠かせない人たちなのである。

前段が長くなってしまった。ようやくこのたびの自選三十句である。たちまち珠美ワールドに嵌まってしまう。

順に読んでいけば、はやり出て来た猫、そして生き物たち。

猫缶で恋の魔法が解けました
野仏のお供え食べて春の鹿
菜の花浄土遊び足りない鳥ばかり
青葉木菟伝言ゲームにエントリー
梅雨晴れ間猫はいつでも猫である
夜濯や猫は警護のつもりです
野荒らしの猪ですきっと子沢山

猫や鹿、鳥たちの動きや鳴き方、仕草を描いていながら、彼らを思いやっている作者の眼差まで見えてくる。「猫缶で」の句、ようやく落ち着いた猫に自分も安堵している様子である。「梅雨晴れ間」の句は、せっかく晴れたのだから外に出て遊べばいいのに、やっぱりあなたは猫ね、と言っている。

生き物ではないが次の句、

払暁の蚊遣りのブタにシンパシー

思わず吹き出してしまう。大きく口を開けて煙を吐いているさま。ちなみに辞書を引いてみたらシンパシーには「共感」の外に「同情」との意もあるらしい。なおさらに「共感！」。「払暁」の意外性もいい。

次の作品も、いかにも珠美さんらしい言葉の発掘、ユーモア感覚を駆使して感動が表現されている。

オトナだって画用紙に描く芽吹山

折り紙の奴さんならお花見に

クロネコ便マンゴーえへんと言ったかも

野菊晴れ金平糖のあふれだす

初夏の色彩あふれる芽吹く山々、つややかな大ぶりのマンゴー、秋天に野菊の咲き誇る風景が躍動感をもって迫る。

次の作品も同様、動きや状況が独自の言葉で活写される。

戯れに桜のジャムを煮ています
モビールのようだね夜濯の君は
酉の市君のメールは漂流中

ところで、三十句の中には右にあげたほほえましい交歓や屈託のない言い回しとは別の趣の作品も多いようだ。

白猫よ葛湯吹くとは悼むこと
梅早しあのボス猫はもう来ない

二句とも猫が描かれるが、作者の深い感慨が主体。「白猫よ」は目の前にいる白猫に呼びかけているのか、死んでしまった白猫を偲んでいるのか、寒中に葛湯を吹く行為が悼みの心中と相まってなにか切ない。「梅早し」の句も、追慕の念をかきたてるように肌寒い皮膚感覚が付与される。次も哀悼の句、配合された言葉が効いている。

夏椿応援団のひとりは逝き
友の忌や見つめれば星は瞬く
初凪や異境に友の増えてゆく

今回の自選句を追って気づかされたのは、読んでわくわくするような、私が日頃から勝手に思っている、いわゆる珠美ワールドとは別のジャンルに属しそうな俳句が意外に多く目にとまることである。

背信はイチゴをつぶす刹那から
夏薊人を恋うとは揺れること
紫陽花や私にけもの道開く
風邪ごこちわたしの狐火見失う

一句目、イチゴをつぶす行為に喚起されてふと過ぎった心の機微を、「背信」の一語で表した。二句目の「人を恋うとは揺れること」とはけだし名言かもしれない。三句目は、生き物たちと自在に交歓できる境地になった、ということか。紫陽花の配置もよい。珠美さんはすでにけもの道が開いているのでは？　四句目、けもの道ならぬ「狐火」が意味深でいろいろと想像できる。

微妙に兆す感覚をとらえて形にした句には、次のような作品もある。

なはびらの湿りは友の誼かな
朝涼の哀しいものに牛乳瓶
やがて花野に十王堂の億万年
文書くは自己愛ですねキンモクセイ

こうして今回の自薦三十句を読んで、河原珠美作品の奥行きと幅の広さを改めて思った。風景や状況の全体でなく一端を切り取るのが俳句であるが、そういえば珠美さんにはそんな俳句が多い。決して全部を言い切っていない。読み手は勝手に想像して作品の世界をつくったりその一端だけを味わう。

読み手が勝手につくった作者像を通して作品を解釈してしまうこともありうる。これが「珠美ワールド」。

読んで楽しく、あれこれ想像をたくましくさせる「珠美ワールド」に今後とも浸って行きたいと思う。

初出一覧

『流域』の俳句（一）

たましいのはじめの色の水母かな　黒木　俊　（『流域』八十二号、二〇〇四年九月）
冬の野は広く楽譜をひろげいる　髙尾日出夫　（『流域』八十四号、二〇〇五年九月）
頬に風海は光のアドレナリン　吉村　豊　（『流域』八十六号、二〇〇六年七月）
寺井谷子や袂を持ちて汝手を振る　宇田蓋男　（『流域』八十七号、二〇〇六年十一月）
反転してみせる金魚の徒然かな　村上由之　（『流域』八十八号、二〇〇七年四月）
一年の余白に降りる寒鴉　春名喜多　（『流域』八十九号、二〇〇七年八月）
乗って見た今日も止まらない駅ばかり　釈迦郡ひろみ　（『流域』九十号、二〇〇七年十二月）
みんな梅雨の眼をして輪になっている　髙尾日出夫　（本書初出）
蘇鉄雄花まばたく雌花吾もまばたく　阿辺　一葉　（『流域』九十三号、二〇〇九年四月）
知恵の輪をほどくがごとく生きて在り　釈迦郡ひろみ　（『流域』九十三号、二〇〇九年四月）
肉球は芥にぞつと秋の浜　中島偉夫　（『流域』九十四号、二〇〇九年四月）
橋に一歩途中は余命あかねいろ　阿辺　一葉　（『流域』九十五号、二〇一〇年二月）
紅梅咲いて一発で決まる川向う　阿辺　一葉　（『流域』九十七号、二〇一一年三月）
一本を活けて家中芒原　永田タヱ子　（『流域』九十九号、二〇一二年二月）
アリセプトパキシル空っぽの鞄　亀田りんりん　（『流域』一〇〇号、二〇一二年八月）

ケータイで繋がるほたるぶくろたち　中尾　和夫（『流域』一〇一号、二〇一三年三月）

テーブルに夕べのままのマスクかな　遠目塚信子（『流域』一〇二号、二〇一三年八月）

北へ杭打ちながら鳥帰るなり　髙尾日出夫（『流域』一〇三号、二〇一四年一月）

生くるとは飾つたりもして石蕗の花　清水　睦子（『流域』一〇六号、二〇一五年六月）

一月の一湾一市大漁旗　黒木　俊（『流域』一〇七号、二〇一五年十二月）

宮崎の俳句

冬満月最後に小指はなれけり　田上比呂美
（第五十八回宮崎県民俳句大会、平成二十一年十一月）

腕一本脛一本の芒です　海蔵由喜子
（第五十九回宮崎県民俳句大会、平成二十二年十一月）

打上花火自叙伝に恋二つ　日高　智子
（第六十回宮崎県民俳句大会、平成二十三年十一月）

俊寛の遠流の島の藪枯らし　川口　正博
（第六十一回宮崎県民俳句大会、平成二十四年十一月）

赤児生みさうな尻してラフランス　小石たまま
（第六十三回宮崎県民俳句大会、平成二十六年十一月）

秋麗のやうな会釈を貰ひけり　うだつ麗子
（第六十四回宮崎県民俳句大会、平成二十七年十一月）

『九州俳句』の作家たち

『九州俳句』の作品（一）　（『九州俳句』一四二号、二〇〇七年五月）
『九州俳句』の作品（二）　（『九州俳句』一六五号、二〇一二年五月）

『海程』の作家たち

『海程』の作品（一）　（『海程』四四九号「六句合評」、二〇〇九年一月）
『海程』の作品（二）　（『海程』四五〇号「六句合評」、二〇〇九年二・三月）
『海程』の作品（三）　（『海程』四五一号「六句合評」、二〇〇九年四月）
『海程』の作品（四）　（『海程』四六九号「六句合評」、二〇一一年一月）
『海程』の作品（五）　（『海程』四七〇号「六句合評」、二〇一一年二・三月）
『海程』の作品（六）　（『海程』四七一号「六句合評」、二〇一一年四月）
『海程』の作品（七）　（『海程』五二六号「六句合評」、二〇一六年十月）
『海程』の作品（八）　（『海程』五二七号「六句合評」、二〇一六年十一月）
『海程』の作品（九）　（『海程』五二八号「六句合評」、二〇一六年十二月）
『海程』の作品（十）　（『海程』五四二～五四四号「一句鑑賞」、二〇一八年五～七月）

俳句の周辺

東京で見つけた俳句　（『宮崎県現代俳句協会会報』第二十号、二〇〇三年七月）

今どきの分からない俳句　（『潮騒』二十四号、二〇〇四年年九月）

私の歳時記・紫陽花　（『俳句四季』、二〇〇七年五月号）

文学としての俳句――『流域』草創期の熱い思いを――　（『流域』九十二号、二〇〇八年十月）

災害と俳句　（『流域』九十七号、二〇一一年三月）

東日本大震災と俳句　（『俳壇抄』三十八号、二〇一二年五月）

口蹄疫と心の表現　（『流域』一〇二号、二〇一三年八月）

青春まっただ中の俳句　（『流域』一〇九号、二〇一六年十一月）

『流域』の俳句（二）

蜷川露子自選三十句――広大な大地と蜷川露子さんの俳句――　（『流域』八十二号、二〇〇四年九月）

「雲遙か」自選二十五句から――進藤三千代の俳句世界――　（『流域』八十六号、二〇〇六年七月）

中尾和夫自選三十句を読んで　（『流域』一〇二号、二〇一三年八月）

鈴木康之自選三十句を多角的に見てみると　（『流域』一〇三号、二〇一四年一月）

黒木俊三十句についての感想　（『流域』一〇五号、二〇一四年十二月）

仁田脇一石俳句の読み方　（『流域』一〇六号、二〇一五年六月）
真摯な姿勢と俳句――吉村豊作品から思うこと――　（『流域』一〇七号、二〇一五年十二月）
後藤ふみよ俳句のおもしろさ　（『流域』一〇八号、二〇一六年五月）
大浦フサ子三十句評と鑑賞　（『流域』一〇九号、二〇一六年十一月）
海蔵由喜子自選三十句に触れて　（『流域』一一〇号、二〇一七年五月）
石田順久三十句を読んで　（『流域』一一一号、二〇一七年十一月）
河原珠美俳句とともに　（『流域』一一二号、二〇一八年五月）

あとがき

これまでに所属の宮崎俳句研究会の俳句誌『流域』などに書いてきた俳句の鑑賞文などを集めて一冊の本にすることにした。

俳句を鑑賞する際、自分の解釈がほんとうにこの句の本意、作者の意図にかなっているか、という疑問がかならず心をよぎる。

しかし、最短詩型である俳句はどの詩型よりも解釈の幅が広いことも事実である。『海程』誌の「六句合評」に何度か書くことがあったが、そこでは四人の鑑賞は微妙にまた大きく異なり、四方から個々に山頂をめざしているような感覚を味わった。このように俳句は、特徴ともいえる解釈の幅の広いところが、読み手にとってまた作り手にとっても魅力なのではないだろうか。

この本はそんな自在な気持ちで書いた鑑賞文が中心となっている。もとより人の心を動かすような内容ではないが、万に一つでもよしとされるならありがたいと思う。鑑賞させていただいた俳句作者には、ここで改めてお礼を申し上げたい。

なおこれらの文章は左記の俳誌等に掲載されたものである。

○「『流域』の俳句㈠」は宮崎俳句研究会（代表　仁田脇一石）が発行する俳句誌『流域』に書いた会員作品鑑賞文

○「宮崎の俳句」は宮崎県俳句協会（会長　岩切雅人）が毎年開催する「県民俳句大会」における選者特選句の鑑賞文

○「『九州俳句』の作家たち」は九州俳句作家協会（事務局長　福本弘明）の俳句誌『九州俳句』に、事務局の依頼に応じて前号の会員作品から好句を選んで書いた鑑賞文

○「『海程』の作家たち」は、『海程』の作品㈠から㈨までは結社誌『海程』（主宰　金子兜太・編集人　武田伸一　二〇一八年七月終刊）の「六句合評」に、編集部より依頼され、指定された会員作品について書いた鑑賞の批評文。同じ作品を四人が担当した。『海程』の作品㈩は、同誌「二句鑑賞」に同編集部の依頼により、前号の会員作品から好句を選んで書いた鑑賞文

○「俳句の周辺」は、『流域』ほか俳句誌・俳句雑誌等に掲載・寄稿した随想

○「『流域』の俳句㈡」は『流域』で特集を組んできた「流域の作家シリーズ」

の会員作品二十五句から三十句を通覧して書いた鑑賞文・作家論

最後にこの本を出版するに当たり、ご尽力いただいた鉱脈社の川口敦己社長と担当の久保田聖氏に感謝申し上げたい。

平成三十年八月十五日

服部　修一

[著者略歴]

服部 修一（はっとり しゅういち）

1951年（昭和26年） 1月4日　宮崎市生まれ
1992年（平成4年）「ＮＨＫ俳句入門」参加
1998年（平成10年）『海程』参加
2001年（平成13年）宮崎俳句研究会『流域』同人
2008年（平成20年）『海程』同人
2018年（平成30年）『海原』同人

現代俳句協会会員
宮崎県現代俳句協会会員
宮崎県俳句協会会員
九州俳句作家協会会員
俳誌『流域』編集（2004年から）
宮崎日日新聞「学園俳壇」選者（2017年から）
句集『掌　俳句・かく詠み、かく読まれ』

現住所　〒880-0041　宮崎市池内町池ノ内1110-2
TEL：0985-39-8155

わたくし的俳句の読み方

28

二〇一八年八月二十一日印刷
二〇一八年八月二十七日発行

著　者　服部修一 ©
発行者　川口敦己
発行所　鉱脈社
〒八八〇－八五五一
宮崎市田代町二六三番地
電話〇九八五－二五－一七五八

印刷製本　有限会社　鉱脈社

「鉱脈文庫 ふみくら」

延岡藩の悲劇

9 藤江監物私譜

城　雪穂 著

定価［本体667円＋税］

江戸時代中期、全国的な藩政の行きづまりの時代の日向延岡藩。倹約の一方、用水路の開掘による新田開発にとりくんだ家老の悲劇の生涯を描く。その凛とした生き方が共感を呼ぶ。

伊東氏の栄華と没落

12 薄月の記

城　雪穂 著

定価［本体571円＋税］

《義祐は、このときはっきりと、己が命運のきわまったことを悟った。》伊東氏豊後落ちを描く「雪の道」、伊東氏の栄華の陰に生きた女人がつづる「薄月の記」。戦国宮崎を描く歴史小説。

転換期を生きる

13 うつせみ置き文抄

城　雪穂 著

定価［本体556円＋税］

戦国時代末期から幕藩体制確立への転換期、宮崎城、清武城、そして佐土原城を舞台にした武将と妻の苦悩と決断。日向武士の誇りをかけた生きざまが女語りに結実する。